Mothers and Sons

Colm Tóibín

母与子

[爱尔兰] 科尔姆·托宾 著

柏 栎 译

上海译文出版社

献给

迈克尔·罗夫林和韦罗妮卡·拉帕里诺

目 录

借口 …………………………… 1
一首歌 ………………………… 38
关键所在 ……………………… 47
著名的蓝雨衣 ………………… 104
家中的神父 …………………… 129
路上 …………………………… 149
三个朋友 ……………………… 157
暑期工作 ……………………… 178
长冬 …………………………… 191

译后记 ………………………… 261

借　口

　　城市空空荡荡。他从查尔蒙特街顶楼公寓的阳台望出去，下面一大块荒地上什么都没有。他闭上眼，想着同一层上其他的公寓，大多数屋子下午已经没人了，正如裸露的小浴室和敞开的楼梯井也都没有人。他想着在城外蔓延的郊区房子，北面是费尔维尤、克朗塔夫、马拉海德，南面是瑞纳拉夫、瑞特密斯、拉斯加。他想着那些道路流露的自信，它们的强度和稳固性，然后又对郊区房子里的房间浮想联翩，卧室白天是空着的，底楼的房间晚上是空着的，长长的修剪齐整的后花园，整个冬天和大半个夏天是空着的，糟糕的阁楼也空着。毫无防备。没人会注意到有人闯入围墙，掠过花园，又爬上另一堵墙。这是一个平淡无奇的男人，他查看屋后，观察有没有人在家，有没有警报装置或者看门狗，接着轻轻地撬开一扇窗子，潜入房内，小心翼翼地穿过房间，寻找容易脱身之处。他会悄无声息地打开一扇门，由于他十分小心，几乎无法令人觉察。

　　他母亲去道克酒吧了，他想着空荡荡的克兰布拉斯尔街。似乎她周围的空气、人行道，还有建筑物的砖块，留意到她散发出来的危险气息，都躲得她远远的。她顶着乱蓬蓬的金发，穿着居家拖鞋，无精打采地朝酒馆走。金项链是赝品，手镯也是赝品，俗艳的金耳环衬着她的红唇膏、绿睫毛膏、蓝眼影。他想象着，此刻母亲转身去看是否有汽车来，她要过马路，却发现路上空无一人，一辆车也没有，世界为她最深沉的快乐扫空了一切。

他母亲快到酒吧了，她知道邻居们害怕她突如其来的友善，正如他们也害怕她发脾气，喝醉酒撒泼。她的微笑就像皱眉一样不受欢迎。她一般是面无表情。在大街上与酒馆里，她不需要威胁别人，因为人人皆知她儿子是谁，而且他对她忠心耿耿。他不知道她如何让大家相信，只要她稍稍受辱，他就会大加报复。他觉得她的威胁也是空的，比什么都空。

他的访客现身了，从场地隐蔽的侧门朝楼房走来，他站在阳台上没动。每周都是如此，他让弗兰克·卡西迪探长从他身边走过，走进小公寓，这套公寓是他小姨子的，他每周只来用一次。卡西迪穿着制服，红脸膛上交织着鬼鬼祟祟的内疚感和公事公办的自信。他每周都付卡西迪钱，这笔钱不是太多就是太少，数额太过离谱，让他觉得卡西迪是在糊弄他，而不是出卖了自己那边。作为回报，卡西迪提供他一些信息，而那些他大多已知道。但他总感觉一旦执法人员逼近他，卡西迪会透露给他的。他相信，卡西迪会让他知道这个，要么是帮他忙，要么是为了让他惊惶，或者两者皆有。他自己对卡西迪守口如瓶，但从来也不确定，有朝一日他对某条信息的反应，说不定就是卡西迪想要的东西。

"他们在盯着威克洛山①。"卡西迪用打招呼的口气说。

"让他们别盯了。羊群在吃草。这是犯法的。"

"他们在盯着威克洛山。"他又说了一遍。

"坐在哈康特街上舒服的沙发椅上盯着。"他说。

"你想听第三遍吗？"

"他们在盯着威克洛山。"他学卡西迪那中部地区人拖长腔调的口音。

"他们让一个小伙子进了你的案子。他叫曼斯菲尔德，你会跟他打打交道的，我说。"

"你上星期告诉过我了。"

"没错，但他已经开始忙了。他看起来不像个警察。他在找珠宝。"

"下星期跟我说些新鲜的。"

卡西迪离开后，他又回到阳台，再次审视这个阴郁的世界。转过身时，想到了一些什么，那是本内特珠宝店抢劫案的鲜明回忆。他们让五个男员工靠墙站，其中一个问能否用自己的手帕。

他独自拿着手枪监守这些人，等其他人把其余员工带

---

① 爱尔兰东部的山。

3

过来。他用一种伪装的懒洋洋的美国腔调对那个伙计说，如果他想擤鼻子，那么可以把手帕拿出来，但如果他拿出来的是其他东西，他就完了。他语气随意，想要表明他并不怕回答这种蠢问题。但那人拿手帕时，口袋里的零钱也全跑了出来，叮叮地响了一地。这些人东张西望，他吼起来，叫他们马上面壁站好。有一个硬币还在滚。他看着它滚，等弯腰捡其他硬币时，也去把那枚捡了起来，然后走过去把硬币交给那个需要用手帕的人。这让他心情平静，放松，甚至有点高兴。他会抢劫价值超过两百万英镑的珠宝，但也会把零钱还给别人。

想到这个，他笑了笑，走进公寓，脱下鞋躺在沙发上。既然卡西迪走了，他再等上一两小时。他还记得在抢劫的混乱中，一名女员工拒绝被带去男厕所。

"你想开枪就开枪吧，"她说，"我就是不去那里。"

他的三个同伴，戴着蒙面围巾的乔·欧布莱恩、桑迪，还有另一个，一下子不知如何是好，都朝他转过身，似乎他能下令让他们真的朝她开枪。

"把她和她的朋友带去女厕所。"他平静地说。

他拿起报纸，又看了看《晚报》上伦勃朗《老妇肖像》的照片，自问是油画让他想起了这件事，还是这件事让他再去看这幅照片。旁边有篇文章，说警察正循着多条线索寻找画作。画上的女人看起来也很强硬，像是工厂女工，但年纪更大些。而拒绝去男厕所的女人是会在星期天晚上和朋友们一起从宾果赌场上回来的那种人，一点不像画上的女人。他思考着两者之间的关联，然后意识到，除了强硬就没别的了。他觉得这世界在跟他的头脑开玩笑。

"你的头脑就像一间闹鬼的屋子。"他不知道这句话的出处，要么有人曾经告诉过他，要么他在哪里看过，要么是一首歌的歌词。他偷油画的那个屋子全然就像鬼屋。也许就是这个让他想起了这句话。当时偷画貌似还是个好主意，但现在可不是了。他偷的那幅伦勃朗的画在两个月后出现在《晚报》的头版上，还有一幅庚斯波罗①的，两幅瓜尔迪②的，一幅他读不出名字的荷兰人的画。这次抢劫事件在报纸上占了几天的头条。他记得自己读到关于"国际艺术抢劫团伙，一群抢劫专家"的报道时，大笑起来。抢劫事件与近年欧洲大陆上其他事件被联系到一起。

这些画中有三幅现在埋在都柏林山里，没人能找到。另两幅在克鲁姆林③乔·欧布莱恩邻居家的阁楼里。它们价值千万英镑，或许还更多。单伦勃朗那幅就值五百万。他细看《晚报》上的照片，但看不出名堂。这幅画大部分是暗色调，他觉得是黑色，但看起来像什么都没有。画上的女人像个别扭的老修女，仿佛需要乐呵一下。

五百万。假如他把画挖出来烧掉，就一文不值了。他

---

① 托马斯·庚斯波罗（1727—1788），英国画家。
② 弗朗西斯科·瓜尔迪（1712—1793），意大利画家。
③ 都柏林南郊。

摇头笑了笑。

他听说过兰斯伯勒宅，也听说过那些画值多少钱、多么容易得手。他花了很多时间钻研警报系统，甚至在自家装了个警报装置，以便更准确地研究其功用。有一天他想到：如果在半夜切断警报装置会如何？警报还是会响，但那又如何呢？没人会来修系统，尤其是当他们觉得是警报误报。你需要做的就是在警报响起时溜走，等着。过一个小时，混乱结束，你再回来。

某星期天下午，他开车去了兰斯伯勒宅。这地方对公众开放才一年，路标很清楚。他需要查看警报装置，观察油画的位置，对地点有个感觉。他知道星期天下午大多数游客都是一家子来的，但他没带家人，他觉得他们不会喜欢来一个大宅子里玩，也不会喜欢走来走去地看油画。他喜欢在任何情况下都独自离开，不告诉家人去了哪里，何时回来。他经常看到男人在星期天带着一家人开车出城。他想这是什么感觉呢？他不喜欢。

房子里都是阴影和回声。只有一部分——侧翼，他觉得是这个词——对公众开放。他猜测主人是住在房子的其他地方，想到等他制订好合适的计划，他们就要大吃一惊了，就暗自笑了起来。他想他们是上了年纪的，应该很容易捆绑。按他的经验，老年人总是容易发出很多声响，叫起来比较响，至少比同等处境的年轻人更让人心烦。他想，一定要记得带上结实有效的堵嘴物。

走廊尽头是一间很大的美术厅，油画就挂在这里。他之前把最值钱的几幅都记了下来，意外地发现它们尺寸都很小。如果没人看着的话，他觉得都能拿一幅下来，塞在外套里。但是他想到每幅画后都有警报器，虽然那些警卫似乎在打瞌睡，但一旦警报响起，他们会迅速行动的。他穿过走廊来到小店，买了他打算偷的那几幅油画的明信片，还有伦勃朗的海报，那将是他囊中最宝贝的了。后来他的小舅子给他装裱了两幅相同的海报。

无论是保安、其他访客，还是收他钱、包装明信片和海报的女人都没有注意到他，不会记得他，没有人，绝对没有人。想到这点，他得意起来。

警察知道油画在他手上。偷盗事件发生后几周，《爱尔兰独立报》头版文章说，他是爱尔兰联会成员。他认为他们到现在应该发觉，他并没有与什么国际团伙联手，而是单干的，只有三个帮手。这三个帮手现在倒成了问题，每个人都相信他将会拿到至少数十万英镑的现金。三人都立刻开始为这些钱做打算，不停地问他。但他还不知道该怎么把这些画换成钱。

那天晚上，两个荷兰人要入住城北一家宾馆。他们通过一个叫毛西·福隆的人和他联系。此人曾经驾着马车卖废品，如今向小孩和少年出售海洛因。他想到毛西·福隆就摇了摇头。他不喜欢海洛因生意，太冒险，每一笔买卖都有很多人牵涉进来，想到要排队到他门前的孩子他就心生厌恶，一个个骨瘦如柴，脸色苍白，眼睛很大。海洛因也把世界弄得乱七八糟，意味着毛西·福隆这样的人与荷兰人有联系。他觉得这不合事理。

毛西说起伦勃朗，就像在说都柏林的一种新的能赚钱的毒品。毛西说，这几个荷兰人对伦勃朗有兴趣，但要鉴定真假。他们能给现金，只要看到画，就会带钱来。毛西补充说，之后他们再讨论其余的库藏。

他觉得荷兰人也应该谨慎些，如果他们带钱来，那么就简单了，让他远远地看一看海报画，见到他们的钱，就把他们捆起来，带着钱离开，让他们带着可爱的装裱海报回荷兰去。他要能对荷兰人心里有数，才给他们看伦勃朗。他打算先给他们看瓜尔迪和庚斯波罗，以证明他确有这些画。

抢劫一般不难。偷了钱，就立刻是你的了，把它藏到安全之处。或者偷珠宝、电器或大箱香烟，知道该怎么脱手。有些人信得过，那里所有人都知道怎么处理。但画就不是一回事了。这关系到信任不认识的人。如果那两个荷兰人是警察怎么办？最好的法子就是等待，小心翼翼地探一步，然后再等待。

他从沙发上站起来，走到阳台前的小窗口边。然后他走进阳台。他有些希望会看到下面阴郁的空间藏着一个人，看到摩托车旁边有个孤零零的人，但那里没人，又空荡荡了，仿佛这世上的人为了让他高兴，或者是为了吓唬他，统统走掉了。他觉得卡西迪把这公寓告诉了他的同事，也许他们不需要人来监视他，因为他们有卡西迪了。他现在觉得卡西迪每周都把钱送去警察慈善基金了，这让他非常恼火。他自问是否是时候对卡西迪做些什么了，但要等到画成功售出之后。这些年来他明白，某个时间只做一件事总是明智的。

他回去躺在沙发上，盯着天花板，什么都不想。他晚上睡得很好，白天这个点从不困，但现在却累了。他枕着靠垫侧身躺着，知道小姨子几小时后才会回来，就慢慢睡着了。

他醒过来时，紧张不安。没法集中注意力，失去自控，他慌神了，坐起来看表。只睡了半小时，但他意识到自己又梦见了兰法德，他想自己是否可能不再梦到呢，他离开它已经二十四年了。

他梦见自己又回到了那儿，那是第一次被带进去，夹在两个保安之间，沿着走廊一路示众。但那不是十三岁的他，而是如今的他，是做了多年喜欢的事，结了婚，早晨在孩子们的声音里醒来，晚上看电视，抢劫，制订计划组织交易的他。梦中令他不安的是，他喜欢被关起来的感觉，生活中有了秩序，遵守规则，一直被看守着，不需要想太多。他在梦中被带着经过那些走廊时，有种顺服的感觉，还有点儿高兴。

他在蒙特乔埃监狱唯一一次服成人徒刑时,大部分时间都喜欢这种感觉。他想念妻子和他们的第一个孩子,也想念想去哪儿就去哪儿的日子,但并不介意每天晚上被关起来,喜欢所有时间都属于自己。没有意外的事发生,这让他感到安心。其他狱友知道不要跟他走得太近。他讨厌那里的食物,但不太放心上,他讨厌监狱看守,而他们也知道别去惹他。他妻子每周来探视一次,他什么都不说,什么情绪都不流露,从不提到他有时寂寞难耐。他们谈的都是他出狱后的事,这时她慢慢地把手指放进他嘴里,那根手指刚刚在她自己体内转动过,这样他就能闻一闻她的味道,留住那味道,她则一边说着邻居和家人,一边再弄点新鲜的味道给他。他摸着她的手,这样可以把味道留一整天。

在兰法德最初的日子是他最难忘却的。或许因为兰法德在内陆地区,而他又从没出过城市。这个地方让他大吃一惊,又冷,又不友善,他怎能在此待上三四年。他只得让自己什么都不去感觉。他从来不哭,一旦感到悲伤,就迫使自己短时间内什么都不去想,假装自己哪里都不在,就这样熬过了在兰法德的岁月。

他在那里只被打过一次,当时整个宿舍的人一个个被带出去,被皮鞭抽手心。但通常情况下,他会被独自留下。如果知道有被抓住的危险,他就很守规矩。他明白夏天晚上要溜出去很容易,只要等到万籁俱静,找上合适的同伴,然后别走太远。他知道怎么翻找厨房，但这事不能常干，免得他们给他设陷阱。他此刻躺在沙发上想这些，意识到自己喜欢独自一人，与其他人保持距离，当值班修士进房间时，他从没被看到从一张床跳到另一张床，也不会正在打架。

他初到那里的一天晚上，宿舍里打架了。他听到这事是怎么开始的，然后大概有人说："再说一遍，我就爆了你。"跟着一片鼓励的起哄声。所以这架就不得不打了，宿舍里的人精力过剩，唯恐天下不乱。虽然一片漆黑，还是可以看到人影和动作。他听到喘气声，推床声，然后大家都吼叫起来。他泰然自若。很快一动不动成了他的风格，但在开始阶段，他并没有风格。他什么都不确定，于是什么都不做。灯一亮，就来了一个年长一些的修士，沃尔什修士，他不需要像其他人那样逃回床上去，但老大气势汹汹冲进宿舍，他也害怕。现在鸦雀无声，沃尔什修士对谁都没说话，只是绕床走了一圈，看着每个男孩，像是要一拳打过去。当老大看向他时，他不知该怎么办。他碰到了老大的目光，转开视线，然后又转回来。

最后，老大开口了。

"谁挑起来的？带头的人站出来。"

没人回答。没人站出来。

"那我随便抓两个去，他们会说谁带的头，他们会都说出来的，那样你们会更惨，不管是谁挑起的，如果你们不站出来的话。"

口音很奇怪。他不知道该如何做，只能装出一副什么都没发生的样子。如果他被抓出去了，他不知该说什么。他不知道其他人的名字，也没看清楚那个带头的人，没法指认。他也不懂规矩，也许男孩们中间有约定无论如何不可出卖他人。他奇怪为何其他人都知道彼此名字，这似乎不可能。他正思索着，抬头看到两个小伙子站在各自床边，垂眼看地。其中一个的睡衣被撕坏了。

"好，"沃尔什修士说，"你们两个跟我来。"

修士走到门口，熄了灯，留下一屋子沉寂。甚至没人小声说话。他躺着倾听。开头声音微弱，但很快听到呼喝声和哭叫声，然后是确切无疑的皮鞭声，接着就没了，又传来一阵呼痛声。他想是在哪里打的，一定是在宿舍外的走廊，或是楼梯间。鞭打声不断传来，哭喊声不绝于耳。不久有人一遍遍大叫："别打了！"

宿舍里每个人都一动不动，屏气敛声。鞭打没停。最后两个男孩开门，在黑暗中摸索回自己的床时，大家更沉默了。他们躺在床上又哭又叫，其他人还是不做声。他希望知道这两个受罚人的名字，心想明天一早是否能认出他们来，他们会不会因为刚才发生的事而看起来不一样。

接下来几个月，他觉得不可思议的是，周围的男孩们似乎失去警惕，忘了那晚发生的事。黑暗的宿舍里，打架不时发生，男孩们喊叫着跳下床，灯光一亮，就被逮个正着，沃尔什或其他修士，有时是两个修士一起来，他们看着大家逃回床上，每次带头的都会自己站出来，然后被带出去受罚。

慢慢地，修士们注意到了他，发觉他和其他人不同，就开始信任他了。但他从未信任他们，也不让他们与他交情过深。他让自己看起来忙忙碌碌，对人恭敬有礼。他在那里从未交上朋友，不让别人靠近。起初他和一个比他年纪大也比他个头大的家伙马凯·伍斯有了纠葛，他不得不去研究怎么对付他。

找到同伙并不难，只要给他们提供保护和关心，他们就会为你干活。他找到一个叫韦伯斯特的瘦长结实的伙计，但没告诉他自己想做什么。他叫他透露消息给马凯，说沼泽地里藏有香烟。沼泽地距离学校较远，但在校界之内。然后他放任马凯逼迫韦伯斯特带他去藏货处，不然就揍他。就这样，他和马凯、韦伯斯特朝外走去，走到兰法德地界最偏僻的地方。他事先和韦伯斯特说好，看到约定的信号就冲向马凯，直接把他打翻在地。他从工作间里偷了一根绳子，他练习过打绳结，所以知道怎么把马凯的双腿迅速捆绑起来，再拉长绳子捆住双手。这一步很难，但只要捆好了双腿，马凯再挣扎也没用，他没机会了。

这些事比他预想的更费时，马凯不停地打韦伯斯特，把韦伯斯特打怕了，几乎帮不上忙。最后他按倒马凯，先捆住一只手腕，猛拉一下，差点勒断他胳膊，然后把他翻过去脸朝下，将两只手绑在一起。他算计过，知道并无必要把马凯揍一顿。这对他毫无意义。所以他带了一块蒙眼布，还从工作间拿了一把小钳子。绑好蒙眼布后，他把马凯翻过来，让韦伯斯特踢他肋骨，韦伯斯特畅快地踢着，马凯破口大骂，发出威胁。

他看了一会马凯不停骂着的嘴，飞快地拿起钳子，狠狠地夹牢马凯左侧后上齿。马凯受惊，立刻合拢嘴，但钳子夹得很紧。

他开始松动那颗牙齿，要把它拔出来，又担心声音太响，马凯发出歇斯底里的尖叫。他知道钳子夹住了一颗牙齿，但不知道需要多久才能把那颗牙齿弄松拔出来。他只去看过一次牙医，那时觉得这事易如反掌，牙齿很快就出来了。

他突然放弃了用钳子使劲松牙齿，而是用力来回推拉，然后再使劲拔。马凯大吼一声。好了，拔出来了。韦伯斯特过来看牙齿，脸色几乎和马凯一样苍白。

他取下马凯的蒙眼巾，给他看牙。他知道现在重要的一点是别让马凯匆忙离开，要捆着他，让他流点血，慢慢跟他说话，让他晓得假如学校里有人再碰他或是韦伯斯特，他会再拔一颗牙，直拔到马凯只剩牙龈。他对马凯说，要是哪个修士听到此事的只言片语，他不会再拔牙，而是对马凯的老二开刀。听懂了吗？他把钳子沿着马凯的双腿滑下去，钳住了他的阴茎。马凯颤抖着，他则和气地说话。

听懂了吗？他问马凯。马凯点头。我听不到，他说。是的，马凯说，是的，我明白。他松开钳子，给马凯松绑，叫他和他们一起走回学校，仿佛朋友一般。

自那以后，兰法德的其他人都十分怕他。很快他就感受不到威胁了。只要他愿意，就能阻止打架，有时站在被欺负的人那一边，有时让一个男孩暂时依靠他。但他一直清楚，这对他并无意义，他随时会抛下某人走开，包括韦伯斯特，他得靠威胁韦伯斯特才能阻止他把自己当成朋友。

修士们允许他去沼泽地那边干活，正中他下怀。那里安静，可以慢慢干，地平线上一望无际。一天结束后，疲惫地回去。最后一年，他们让他去暖气锅炉房工作，那一定是最后一年的冬天了，他在那里工作时，发现了之前不知道的事。

兰法德是没有围墙的，但众所周知，无论谁越界都会被罚。每年春天，当夜晚变长的时候，男孩们就想逃跑，逃到大路上去，但他们总是被抓回来。这片区域所有村舍，窗口似乎都贴有肖像公告，随时会向修士们报告逃跑者。他刚到的第一年，两个男孩受罚时全校都看着，但这并没有吓阻其他也想逃跑的人，反而可能怂恿了他们。他觉得难以理解，为何大家逃跑会不做准备呢，完全没有明确的计划，怎么才能不被人注意地逃去都柏林，接着也许去英国。

最后一年冬天，有两个比他大一两岁的男孩受够了。

他们几乎每天惹麻烦，似乎什么都不怕。他记得他们是因为有次与他们说起逃跑，他会做什么，去哪里。他对这谈话感兴趣，因为他们说知道哪里可以搞到自行车，他认定这是唯一的逃跑办法，午夜或者凌晨一点开始，骑车直奔小船。他不假思索地补充说，在他走之前，会把一两个修士塞进锅炉的熊熊烈火里。他说，这事不难办，只要你有两个人帮忙，把修士的嘴一堵，动作快。他说，锅炉火够猛，他们会化成烟，一点痕迹都不会留下。运气好的话，能塞四五个进去，火照样烧，谁都不会知道。一开始先从老态龙钟的修士下手。他说这话时语气如常，却发觉那两个男孩不安地看着他，才惊觉自己说太多了。他立刻起身走开，但又觉得不该如此。他后悔和他们说了话。

最终那两个男孩逃跑了，没骑车，没计划，被逮了回来。他听说时，正提着一桶泥炭去修士们的餐厅。劳伦斯修士叫住他，说了这事。他点点头，继续走。吃晚饭时他看到那两个男孩仍然不在。他估计他们被关在其他地方。晚饭后，他照常去锅炉房。

过了一会儿，快到熄灯时间，他穿过小路再去拿泥炭，这时听到动静。他立刻明白那是什么，是有人挨打叫喊的声音。一开始他不知道声音从哪里来，接着知道是在活动室。他看到灯亮着，但窗太高，够不着。他蹑手蹑脚去锅炉房拿了一个小凳子，放在窗下。只见那两个想逃跑的男孩脸朝下躺在一张旧桌上，裤子褪到足踝，弗葛特修士正用皮带抽打他们屁股。沃尔什修士站在桌旁，双手按住被打的人。

他看着这一幕，突然注意到一些别的东西。活动室一头有一只旧摄影灯箱，曾用来存放废旧物品。现在有两个修士站在灯箱里面，门开着，他们可以清楚地看到这两个男孩在挨揍。他从窗口看到他们——劳伦斯修士和墨菲修士——想到正在施罚的两个修士一定也知道他们在场，但或许看不到他们在干什么。

他们都在自慰。他们都盯着眼前的场景——男孩每被打一次，就哭叫出声。他不记得自己看了多久。在这之前，他不喜欢周围男孩挨罚。他曾在沉默和恐惧中痛恨自己软弱无能。但他差点开始认为这些惩罚是必要的，是修士们掌管的纪律体制的一部分。如今他知道还有其他因素，有些他不明白的地方，不能去想的事。这一幕定格在他脑海中，仿佛拍照留影一般：灯箱里的两个修士不像是管事的人，倒像两条喘气的老狗。

他躺在沙发上，知道自己再次回顾这些事，是为了不去想油画的事。他起身伸伸懒腰，抓抓痒，又走到阳台上。有些他看不透的东西在吸引着他。他想让脑子空空荡荡，但他害怕。他知道如果是独自盗窃，他会把油画扔了，烧了，或者就丢在路旁。当他最终被放出兰法德，他也带走了一种感觉，即在任何事物背后都有其他东西，也许是隐藏的动机，也许是无法想象的黑暗，台上的这个人只是另一个人的伪装，挑明的话只是其他事的暗号。总是一层又一层，你偶尔会发现底下还有秘密的层次，凑得越近，就看得越分明。

在这城市或其他城市的某处，有人知道如何脱手这些画，拿钱分赃。如果他仔细思考，坐在沙发上集中心神，是否也能想出法子？然而每次思考，都走到死路。一定有法子的。他暗想能否去找其他参与这次盗窃的人，陈述这一难题，他们对那晚的表现极为自豪，一切都天衣无缝。但他从未对任何人解释过任何事，要是那样，说他不行了的话就会传开。况且如果他都没法子，他们就更没法子了。他们只会听命行事。

他望着公寓前废弃的场地。还是没人。心想警察是否认为已经不需要监视他了，就算他们没有行动他自己也会犯错。但他又觉得他们不是这么考虑问题的。每当他看到警察、律师，或者法官，他就看到兰法德的修士，那些人喜欢他们的权威，使用权威，耍起威风来，只是想掩盖内在的羞耻。他走回公寓，走到厨房水槽前，拧开冷水龙头，把水泼在脸上。

他想，也许一切比想象的简单。这些荷兰人会来，他带他们去看画，他们同意付钱，他开车带他们去放钱的地方。接下来呢？何不拿了钱，别去管画了？但这一点荷兰人必定也想到了。也许他们会威胁他，说如果他毁约，就一枪打死他。不管怎样，他不怕他们。

他不确定那些荷兰人是否是个圈套。他坐下来，觉得此刻要能不去想没有结果的事，让他做什么都愿意。他对谁都不信任。这个念头给了他力量，他有些骄傲地想，自己谁都不爱——也许不是爱这个词——没有保护任何人的需要。他想，除了他女儿洛林，她现在两岁了。她的一切都很美，他期盼着早晨醒来，看到她也醒了，正等他来抱。他喜欢她在楼上睡觉。他希望她快乐平安。对他其他的孩子，他没这种感情。同样的感情，他只对弟弟比利有，但比利在一次抢劫中丧生，被匕首扎了一刀，流血致死。所以他希望自己并没有对比利太有感情，他知道该如何让自己不去想他。

他想，只要这些画能脱手，就没事了。他能回归正常生活。也许应该与这些荷兰人冒一次险，一手交钱，一手交货，不惹麻烦。但他想绝不能这么做，得小心行事。

他不喝酒，也不喜欢酒吧，但他让毛西给荷兰人安排的旅馆有个安静的酒吧，还有一个靠近停车场的很好的侧门。但他在酒吧看到一个穿着张扬的美国女人点了饮料，就觉得不安全，疑心她是警察。他和她目光相遇，立刻转开视线。他觉得从警察的角度，让一个女人装扮成美国人进酒吧是有道理的。毛西·福隆与警察做交易也是有道理的，把这作为洗白的第一步。他又想，不久后毛西的妻子会用他贩卖海洛因得来的钱，开一家托儿所，或高档酒专卖店，到了圣诞节，他们还能募集慈善资金。另一方面，那美国女人也许只是游客，毛西也可能不会脱胎换骨。

那两个荷兰人来时，他立刻认出了他们。他这辈子还没出过爱尔兰，而且记忆里也从未遇见过荷兰人。但他觉得这两位是荷兰人，他们看起来就像。他们不会是别人。他冲他们点点头，以为他们也会认出他。

较瘦的那个刚坐下来，他就在纸上写了"待在这里"递了过去。他在唇边竖起手指，然后出门走到停车场，坐进汽车。他觉得不管他们是不是荷兰人，这都会让他们好好想一想。停车场空空荡荡。他观察着最细微的动静，没人出现，也没车停过来。他不打算回去查看宾馆门口和大堂，而是再等一会儿。他知道要保持冷静，藏在暗处，不轻举妄动，这很重要。他不下棋，但在电视上见过别人下棋，喜欢他们那从容仔细，有条不紊的样子。

他回去时，两人都在喝咖啡。他等到酒吧招待离开视线，写了张纸："钱在爱尔兰?"其中一个点头。"然后呢?"他写道。"我们得先看看。"这是回答。他又确认了一下招待听不到他们说话，他压低声音说："你们要先看画，我也要先看钱。"

他想让自己看起来胸有成竹，目露凶光，心想荷兰人的做法是否不同。他想也许戴着墨镜、身材精瘦、喝着咖啡的模样在荷兰就算是凶狠了吧。不管怎么说，他们看起来很专业。他做手势叫他们随他去停车场。他先向北环路开去,然后穿过普鲁士大街去码头,再过河向克鲁林而去。车上没人说话。他希望两位同伴不知道身在城市的哪个地方。

他驶下一条侧街,进了巷子,转进一个门开着的车库。他下了车,拉下车库的滑门。他们此刻在黑暗中了。他找到灯,打亮,做手势让荷兰人待在车上。他出门走进一个小院子,拍了拍厨房窗子。里面的桌子旁围坐着三四个孩子,一个女人站在水槽旁,她身边站着的男人转过头来,什么都没说。那是乔·欧布莱恩。孩子们立刻站起来,拿着杯碟离开房间,不朝窗口看一眼。他明白乔把他们训练得很好。那女人也很快收拾好东西离开厨房。

乔·欧布莱恩打开房门,走进院子,一句话也没说。他们穿过车库,透过一扇又脏又小的窗户,看了一眼荷兰人。那两人都一动不动坐在引擎盖上。

他朝乔·欧布莱恩点点头,乔走进车库,作势让荷兰人跟他来。他们走进巷子,穿过门走进相邻房子的院子。厨房桌边有一个老人在读《晚报》,乔拍拍窗子,他起身让他们进门,随后又去看报了。他们关了门,从他身边经过,上楼去了后面的卧室。

他不知道他们脸上那种不自在的神情是荷兰人特有的,还是只在此刻有这种异常的表情。他们往楼上的卧室里面瞅了瞅,仿佛被允许看一眼外太空似的,他差点想问他们是不是没见过卧室。这时乔拿了架梯子来架在天花板的小洞上，那个洞通往阁楼。他爬上去拿了两幅画下来，一幅是庚斯波罗，一幅是瓜尔迪。两个荷兰人聚精会神地看画。谁都没开口。

其中一人拿出笔记本写道："伦勃朗在哪里？"

他一把抢过笔记本写道："先付这两幅的钱，如果没意外，明天我给你们伦勃朗。"荷兰人拿回笔记本写道："我们是为伦勃朗来的。"本子还在荷兰人手里，他就立刻写道："你们是聋子吗？"两个荷兰人都认真地看着这几个字，仿佛其中有什么深意，他们拧着眉头，一副既困惑又受伤的表情。

他又拿过本子写道："钱呢？"他把本子递回去时，看到下一句话写得更清楚了："我们需要看到伦勃朗。"他夺过本子写得更快，字迹几乎看不清："先买这几幅。"另一个荷兰人拿过笔记本："我们是来看伦勃朗的。"他的字像是孩子写的。"既然没有伦勃朗，我们得去听指示，我们很快会再联系的，通过毛西。"

他猛然觉出这两人是墨守成规的人。他约定给他们看伦勃朗却没做到，但这是出于安全考虑，他不会示弱，也不会调整战略，只是要缓慢行动，尽可能少冒险。他们现在知道他有抢劫得来的其他画，他也觉得他们没有被警察跟踪，虽然这一点他并不确定。虽然他们阴沉着脸，似乎觉得这笔交易有风险，但他肯定自己做得对，知道乔·欧布莱恩一直看着他。他有股冲动,想抓住一个人绑了他,让另一个去拿钱来,否则就杀他同伴,但他觉得这两个荷兰人已经考虑到了这种情况和其他各种可能。他们并不冲动行事,他感觉到一旦他那么做,他们会有对策。他想,跟外国人做交易是个错误,但在爱尔兰也没别人会出一千万买区区几幅画,要么没钱,要么没这兴致。

他们两个走出屋子,经过厨房主人身边时依然平静。他们的镇定让他狐疑起来,让他不敢行动,多思多虑。接着就没法思考了。他从这两人身上看不出什么,很难看出他们在监狱里待过,除非荷兰的监狱会教皮肤保养和高深莫测的举止。他想,无论是谁让他们来的,原因不仅是因为他们的镇定——他认为这种镇定掩饰了他们的狠劲,还因为他们能够识别伦勃朗真品和赝品。他想,也许他们只懂这个,然后把其他的事留给真正的罪犯负责。也许他们是艺术专家,确实,他们的神态和那些到电视上讨论他盗走的那些画的人文价值的人一样。

他不想让荷兰人没有得到承诺和诱惑就走。他表示乔·欧布莱恩会带他们回宾馆,接着他要来笔记本写道:"下周的今天,我会把画放在这里。"一个人写道:"我们得等指示。"他对乔·欧布莱恩点了点头,扔给他车钥匙。

他想是否应该让乔吓唬一下另两个盗窃同伙,让他们知道他没骗他们之类的事,也让他们知道最好放低期望,别想很快拿到钱,同时也对他们表明,不管他们希望拿到现金甚至要求拿到现金，都会很快得到回应。

要乔·欧布莱恩做的事，他都能做得很到位，这在他合作过的人当中是唯一一位。他从不提问，从不怀疑，也不迟到。他什么都懂，比如架线、撬锁、爆破，还有汽车引擎。当他想炸飞律师凯文·麦克马洪，让他像超人一样飞上天时，他只找了乔·欧布莱恩说了这件事。

他弟弟比利因抢劫案被起诉时，他坐在法庭里，看麦克马洪趾高气扬地检举，用捏造的证据定了罪。当比利被起诉谋杀时，麦克马洪开始针对比利的整个家庭，在法庭上说了很多不相干的他们家的事，那些事要么是从比利那里得到的，要么是从他母亲或熟识他们全家的人那里得到的。麦克马洪似乎不仅是在完成工作，还干得津津有味。

他付了一大笔钱，把陪审团中的两位吓得好好办事，让比利脱身了。但他看着麦克马洪总结陈词，决定要找到他，给他这样的律师，或许还有几个法官一个警告。要开枪射他很容易，或者把他打一顿，或者烧了他房子，但他决定把汽车里的麦克马洪送上天，让大家知道，除了爱尔兰共和军，其他人也能将炸弹放进车里。北部老是发生这种事，他觉得那效果在电视上看起来不错。这会让其他的法律专家三思的。

即使是现在，他还是想起来就想笑。这些人多蠢啊！他们拿钱越多，就越不小心。麦克马洪每天晚上把车停在他家房子的车道上，而且周围很空旷，这又帮了忙。工作日凌晨三四点钟，这些街道上什么动静都没有，连死人都好像在睡觉。万籁俱寂，你能干任何事。乔·欧布莱恩花了五分钟把装置放到车底，连上引擎。

"他一发动，就会爆炸。"乔·欧布莱恩对他说。他从未问过为什么要炸麦克马洪，也从未表露任何好奇。他会去做任何事。他心想乔在家里是不是也这样，如果他妻子要他洗衣服，或照看小孩，她却去泡吧，或者把手指伸到他屁眼里去，他会不会也说好。

最后麦克马洪发动汽车，炸弹并没有即刻爆炸，而是过了十五分钟，律师开到一个繁忙的环形路时爆炸了。麦克马洪没死，只是炸断了双腿，他觉得这个结果更好，麦克马洪装着木腿在司法院跳来跳去，每天都提醒着他的同类，这种事情也随时可能发生在他们身上。麦克马洪若是死了，倒是会很快被忘记。

他记得数天后遇见乔·欧布莱恩，他俩开头都没提那车的事，也没提麦克马洪，接着他对乔说，这桩事被爱尔兰总理称为对民主的威胁，赋予"失去腿"这个词全新的含义。欧布莱恩只是笑了下，什么都没说。

荷兰人看到头两幅画的次日，毛西·福隆来拜访他。毛西一脸悲悯，像是一个神父为全世界的罪恶而感到失望。

"荷兰人，"他说，"是不一样的。他们听你说，就以为你会照直去做。这就是荷兰人。他们没想象力。"

"他们什么时候再来?"他问毛西。

"要他们回来得费很大劲。"毛西说。

"要费什么劲?"

"也别低估他们了,"毛西说,"昨天其中一位男士一秒钟就能空手杀了你。他是这行里最好的。"

"哪一个?"他问毛西。

"问题就是,"他说,"我不知道。"

"另一个是谁?"

"是艺术专家,他对你给他看的画印象一般。那不值钱。"

"你怎么知道这些人没玩花样?"

"因为他们是荷兰人,"毛西说,"如果一个荷兰人要在你背后捅刀子,他会提前几星期就告知你,你没有任何办法,到那一天,刀子自会插到你背上。这就是荷兰人。他们说星期一,就是星期一,他们说会付钱,就会付钱,他们说要看伦勃朗,我就没必要再解释了,对吧?"

"谁要这幅画?"

"贩毒道上有个头儿,想成为这世上唯一能看得到这画的人,少数几个密友除外,"毛西说,"这就是荷兰人,他们与我们不同。他们想要这画,就像我们想在加纳利群岛[①]上待一个礼拜,或是出去旅游一番,或是在巴尔道勒[②]

---

① 大西洋中的群岛,旅游胜地,为西班牙的自治区。
② 爱尔兰都柏林北面的地区,有渔村和大庄园。

有个庄园。"

在他要向荷兰人展示伦勃朗之前两天，又到了他和弗兰克·卡西迪探长每周固定碰面的日子。他看到卡西迪走过来时，注意到他的步伐比平时更轻快。他带着一个公文包。

"你升职了吗？"他问，"你要开车带爱尔兰总理巡回他的选区？"

"你确定我们在这里安全吗？"卡西迪问。

"你是警察，"他说，"我是可怜的罪犯。"

卡西迪走进公寓。

"你有麻烦了。"他说。

"他们找到了施拉格①？"

"我是说麻烦，"卡西迪说，"你的阵营里有人走漏消息了。"

"我没阵营。"他说。

"你有。"卡西迪说着从公文包里取出一个小录音机。他环顾四周，找地方插插头。

"你还记得曼斯菲德？"卡西迪问道，一边拔了电视机插头，插上录音机插头。

---

① 施拉格是爱尔兰著名的赛马，曾在赛马史上创下纪录。一九八三年该马被窃，之后再未被找到，此事成为数部书和电影的题材，施拉格也成为被窃无踪之物的代名词。

"那个以为自己不像警察的家伙?那个明明像警察却要让自己像北区嬉皮士的家伙?"

"是啊。"卡西迪说,"是他。"

"他怎么啦?他又篡改报销金了?"

"不是,他交了个新朋友,一个酒伴。"

卡西迪弄着磁带。

"那跟我有什么关系?"

"他和新朋友喝酒很多。"卡西迪说。

"马尔考姆·麦克阿瑟①?"

"不是,"卡西迪站起来平视他,"曼斯菲尔德在跟你母亲喝酒。"

顷刻之间,他的心思就集中在了远处的一个点上,遥远但很清晰。他笑了一会儿。

"我希望是他付的钱,因为我破产了。"

"是啊,他付的钱。"卡西迪说。

他用枪打过几个人,还捅过一个,那个后来死了,但他从未勒死过人,此刻他希望自己会这项技能。

"你想听吗?"卡西迪问。

"我付你钱就为了这个。"

"那么坐下来吧。"

起初没什么,只有静电干扰声,还有什么东西撞击着

---

① 爱尔兰名声最大的杀人犯。

麦克风，然后是彻底安静，接着突然这个廉价机器里转动的磁带传来波动。

"开响点。"他说。

卡西迪伸手示意他安静。慢慢地听到了一个声音，女人的声音，但他听不清在说什么。接着就清楚了，有人摸索着录音机，把它挪近，直到母亲的声音能被听到，每一个字都清清楚楚。她在喝酒。

"我不是一直看到他。他确实很忙，哦，他很忙，我要说他的活太多了，从不像某些游手好闲的人。这块地方又野蛮，野蛮又粗鲁，我很想说我的邻居都很好，但并不是这样，到处是老鼠一样的人。他们不该跟考伯房屋委员会去说，而是该跟啮齿类委员会去说，因为他们都是老鼠。而且他们都知道，如果有人让他们的狗在我房子前面大便，我儿子会对付他们的，肯定会好好收拾他们。如果他们不正眼看我，也知道会有什么后果。所以我在这里很有安全感。"

声音又模糊了，有人在走动。他听到酒倒进杯子的声音，估计是她的大杯杜松子酒，然后是冰块碰撞声，接着又倒了更多的奎宁水。又来了一罐啤酒开盖的声音。她从暗藏的麦克风旁走开，声音变得不清楚，过了一阵子，她坐回椅子上，声音又清晰了。她正说到一半：

"……那里放东西很安全，没有警察知道他在那里的活动。当然了，他这辈子一直去那里，天黑了他也认路。哦，东西是埋在那里的！你能在那儿藏一个国家。当然他们可以去搜，一年三百六十五天每天去搜也什么都找不到。你知道，他性子安静，不吸烟，从没喝过酒。你从来注意不到他。他有点像狐狸。这是他的本性，别人也没办法。同样我不知道如果没了他我能去哪里。他的弟弟不怎么样。哦不怎么样！比利啥事都办不成。"

他能想象得出，她此刻大口喝着酒，盯着壁炉的装饰性煤气火焰，仿佛生活让她悲伤。一片寂静中，磁带走到了头。

"就是这样，"卡西迪说，"我不会把磁带给你，有人发现之前我要带回去。"

"他们让你放给我听？"他问。

"谁？"

"头儿们。"

"我是帮你忙，你妈泄了密。"

"谢谢。"他说，把装在信封里的钱交给卡西迪。卡西迪拔了插头，把录音机放回公文包。

他经常把自己开的那三辆车停在别人想不到的地方，那些地方跟他或他朋友都毫无关系。那天傍晚他确定自己没有被跟踪，走进一个市中心的停车场，等在顶层，那里露天，经常空无一人，电视监控系统拍不到，他等着看什么人会来。过了十分钟，还没人来，他从楼梯下去，走上大街，叫了一辆出租车去他一个停车的地方。那晚他开车去了山里，不时地停车拐进岔道查看是否有人跟在后面。才九点半。他希望能早点回市里，免得被注意。开下大马路，就没车了。任何一辆观察车都能看到他，他得警惕一点。一有被跟踪的迹象，马上回去。他终于停好车，熄掉引擎，周围寂静无声，他觉得这种安静很有力。如果有人过来或是移动起来，他就能听到。直到此刻，他还是独自一个。

他安安静静地干起活来。在车后座下他藏了一把铁锹和一个大手电筒。他知道自己在哪里，所有东西都仔细做好了标记。只要他活着，这些画就能轻易地被带回市里。如果他出了事，画就永远找不到了，再也不见天光。乔·欧布莱恩知道它们大致埋在什么地方，但也不知具体地点。他走到一小块空地，左侧的地开始有了起伏。他数了七棵树，朝右转，又数了五棵，那里有块被树木遮挡的野地。

泥土很软，挖起来却不容易。他每挖一铲，就停下来听动静，但只有寂静和树林间的微风。很快他就挖得上气不接下气。但他喜欢这么干活，这种时候什么都不需要想，也不会有人打扰他。他希望能通宵都这么干下去，把母亲的声音从脑海里抹掉。穿透他在自身周围设下障壁的并不是磁带上的声音，而是一个更早的声音，更尖锐，更清晰，他这一生都在努力不去想这个声音，不让它钻进他的清醒的生活中去。

他回想起那天早晨在法庭的情形，法官宣判他在兰法德接受教育，但记忆里有好些奇怪的空隙。比如说，他记不得是怎么去法庭的，他觉得一定是警车接过去的，但一点都不记得。他觉得不是自己去的，也记不得有传唤令，自己怎么知道那天要去法庭，而不是去其他地方。在去兰法德之前，他在家里的一小段生活如今对他来说一片空白。他不记得母亲提过法庭或是他惹的麻烦。

他记得宣判之后，警卫准备带他走。被告席上没有其他被告，社会工作人员、缓刑监督官和律师忙着处理文件卷宗，法官在等着。这一切历历在目。这样过了大约有一分钟，警卫们示意他跟着走。没有手铐，也没有其他这类的东西。

他和警卫走出听证席，他母亲不知从哪里钻出来。他发觉她在发脾气，头发乱糟糟，大衣敞开着。她开始大嚷。他退后一步，才意识到她并不是冲他喊叫，而是冲法官。

"啊，万能的主，啊，上帝，我该怎么办？"她尖叫道。

她周围很多人，警卫没法很快到她身边。她挤开众人朝听证席走去。

"他是最好的儿子，最好的孩子，啊，不要带他走，不要带他离开我，不要带他离开我。"

警卫抓住她，不让她靠近听证席，她就这样哭起来，双手乱挥。他们好像已经抓住她了，她又挣脱开去，他们只抓去了件外套。她更疯狂了。

"再给他一次机会,法官大人。"

一个警卫把他带到一旁,其他警卫聚集过来不让母亲接近法官。他们抓住她胳膊,把她转过身,从人群中推出去,她大喊着要他们放开她。她走过去时看到了他,竭力想挣脱了去碰他,但他躲开了。她一直在大喊大叫。他们把他送上警车,她敲打车窗,但他不去看她。他们开走了,他不想见到她。

他在兰法德那几年,她每隔几个月就去探望他。她一来总是和修士们发生冲突,每次到了最后都是被拖走的。中间的过程,他们隔着桌子面对面,她说话不多,只是叹气,想握着他的手,但他会把手挪开。她有时会问问题,但他什么都不说。老大们指点他写信给她,告诉她出狱的时间,但他在信上写了错误的日期。他自己回家了,随后不久就离开了。他很少见她,除非比利惹了麻烦。他见比利的唯一办法是见她。那时候他开始给她钱。

他继续挖,动作机械,频率很快,中间有短暂停顿,以便更集中注意力,让其他念头平息下来,铁锹不时碰到其中一幅画的坚硬边框。这些画有塑料板保护着,要把它们弄出来并不容易。他把画取出铺在地上,把洞填平,然后丢下铁锹,走回汽车。他尽量保持安静过了好久,确定周围无人。

他突然之间有种感觉,如果一切都像现在这样黑暗空寂，如果这世上没有一点声音，也没活人发出声音，只有寂静和近乎完美的沉默，他会很高兴。如果此刻能永恒，他会很高兴。

他把画放进汽车。他会把它们和乔·欧布莱恩邻居家阁楼上的那些放在一起。他仍然为之心情抑郁，后悔偷了这样的东西。一想到自己没法处置它们，也没法处置荷兰人和毛西，就感到身处危险之中。但这也给了他一种奇怪的无畏感，觉得如果有机会的话，他什么都能做到。他开车回城，心里有股子冲动。

画安全地放好后，他走到南区的家里，一个人安静地待着。他脱下鞋，放在客厅里。其他人都睡了。屋子里静悄悄的，他上楼时高兴这是一幢新房子，楼梯没有响动。

他打开房门进去，这是洛林和她姐姐住的房间。她还睡婴儿床，他借着楼梯平台的灯光看到她睡熟了。他知道不要去碰她或抚摸她的脸，因为他不想弄醒她或者打扰她。这样看着她就满足了。他跪下来，凑近了些，久久地看着女儿。随后蹑手蹑脚走开，悄无声息地关上门。

早晨他去见母亲。她早晨总是情绪不佳，衣服穿了一半，一支接一支抽烟，喝着冷茶。她给他开门后又回到客厅，也不打招呼。

"我给你送钱来。"他说。

"坐吧。"

"我不待了。"

"那也行。"

她咳嗽起来,咳完后突然看起来精神好了些,轻松多了。

"我给你沏茶,只有……"

"我不喝茶。"他说。

"我说你真是大忙人。"

"妈,我有话跟你说。"

"哦,说吧。"

"你不要跟别人谈起我,你会让我们都有麻烦的。"

"我知道。我自己也讨厌闲聊。废话太多了。"

"你不要聊起我就行。"他说,声音平静下来,语调也更直接。

她抿着茶。

"你最好别再喝酒了,"他说,"我已经叫道克酒吧的人好好看着你。"

"他们怕你要了他们的命,你应该离他们远远的。"

"好啊,不错,嗯,我会让他们给你一两杯酒,就这些。"

"他们不会跟我对着干。"

"你应该戒酒。"

"哦,我们都应该戒掉某些事情。"

"还有,妈,你不应该跟别人说比利的坏话。"

"比利？我会说他什么？我自己的儿子。上帝保佑他。"

"妈，他的事你什么都别说，什么都别说，明白了吗？"

"说坏话？你是指我说了他坏话？"

"是的，你说了他坏话，我听到了。"

"别相信……"

"我很相信。你在听我说吗？如果我再听到一个字，我会对你采取行动。明白了吗？"

"对比利，你不应该自责。"

她看着他，摇头。

"你一直活在这件事的阴影之下，那不是你的错。"她说。

"你别说了。我不想听到你再说他。"

"放宽心吧，那不是你的错，儿子，没人怪你。"

"不管怎么样，我的话说完了。"

他站起来，在桌上放了一沓钱。

"我要走了。我不想再听到你到处闲扯。"

"你用你的方式把我照顾得很好。"

他离开她家后，知道不能再和毛西·福隆做交易了。仿佛他已经去他母亲家里找借口把自己洗刷了。他走开时，觉得几个月来头一次思路这么清晰。他走在市中心，有种喜悦感，自己好像莫名隐身了。他相信没人看到他或注意到他，也没人记得他。他觉得自己前所未有地强大。

他要把画都烧掉，全部烧掉。他确信这件事是对的。和乔·欧布莱恩联手，他能做出惊人的盗窃案来，到时候他们就能付两个同谋的钱。他之前警告他们，不要在钱没拿到手之前就要钱，也对他们解释说这些画卖不掉，风险太大。如果他们觉得这不明智，那么乔·欧布莱恩会帮他们想明白的。

某天晚上，他会把这些画放在车上，自己干，什么都不告诉别人。他会给它们找个特别的地方，最空旷的地方。他也许甚至会去西边大片的沼泽地，但他又不想去。他不离开他的群山，不离开都柏林南边的大块荒野。他会带打火机，而不是汽油，这样可以一幅一幅慢慢烧，让帆布在画框里卷起来，把伦勃朗的表情乖戾的老妇人像留到最后，把它烧成一堆灰烬。在曾经悬挂这幅画的地方，将留下一个醒目的空缺，前来看它的人什么都看不到了。这无关紧要，重要的是他在半夜点起的小小的火苗，陈旧又干燥的东西着火后发出嘶嘶声，他站在旁边看着，然后慢慢地，画消失了，画框也开始烧起来。他会精神抖擞、毫无畏惧地回到城里，对自己做下的事发出微笑。他现在有办法了。他确定自己是对的。

一首歌

在克莱尔的那个周末，诺尔充当司机，他是朋友当中唯一不喝酒的乐手。他们需要一个司机。他们认为镇上热切的学生和热切的旅游人士太多，酒吧里不堪设想。有两三个晚上，他们去找空荡荡的乡村酒吧，或是私人宅邸。诺尔吹锡口笛，技巧不错，天赋平平，在大乐队里合奏比独奏更强。他的歌喉很特别，虽然没有他母亲嗓音里的力量和个性，他们从她七十年代早期录制的一张唱片上知道这点。他与任何人都能合唱得很好，稍微往上或往下调整一点，就能自如地围绕其他人的声音，不管那声音是什么样。他没有歌唱家的歌喉，他曾开玩笑说，他有一双好耳朵，在这个小圈子中，大家公认他的听力无可挑剔。

星期天晚上，镇子让人无法忍受。他朋友乔治说，大多数游客都是那种会兴高采烈地把啤酒洒到你的爱尔兰风笛上的人。甚至几家较有名的乡村酒吧也都是来寻欢作乐的外地人。比如说，米尔什镇的凯迪酒吧下午有个音乐会，消息传开后，到了傍晚，他的任务就是去救两个朋友，把他们从那里带到恩尼斯镇另一头的私宅,他们能在那里安静地演奏。

他一走进酒吧,就看到窗口壁凹处两个朋友一个在吹口风琴,另一个在拉小提琴,都朝他挤眉弄眼地打招呼。他们周围有一圈人,还有两个小提琴手、一个吹横笛的年轻姑娘。他们面前的桌子上放满了啤酒杯,有的满,有的半空。

诺尔站到一旁,环顾四周,然后到吧台要了酸橙汽水,音乐让酒吧的气氛活跃起来,就连客人,包括对音乐一窍不通的客人,脸上也洋溢着莫名的满足和放松感。

他看到另一个朋友在吧台等酒,便对他轻轻点头,然后走过去说他们马上就要开拔了。朋友同意跟他一起走。

"别告诉别人我们去哪里。"诺尔说。

他想,可能再过一个多小时,他们才能体面地离开,他会开车带他们穿过乡间,像是逃离危险似的。

他朋友一拿到酒,就挪到他身边,手里捧着一大杯满满的啤酒。

"我看到你在喝柠檬汁,"他讥讽地一笑,"想再来一杯吗?"

"这是酸橙汽水,"诺尔说,"你买不起的。"

"我只能停下演奏,"朋友说,"太吃不消了。我们能走就走。要去的地方有酒喝吗?"

"你问错人了。"诺尔说,猜想朋友一下午都在喝酒。

"我们可以在路上买酒。"朋友说。

"伙计们什么时候走,我就什么时候走。"诺尔说着朝音乐传来的方向点点头。

朋友皱眉,抿了一口酒,抬眼在诺尔脸上巡视了一回,然后环顾周围,又靠近些,免得说话让人听去了。

"很庆幸你只点了汽水,我想你知道你母亲在这里。"

"我是知道,"诺尔笑着说,"今晚那里没啤酒。"

朋友转身走了。

诺尔独自站在吧台旁,心想,他已经二十八岁,这意味着已经十九年没见过母亲,就连她是否在爱尔兰也不知道。他仔细地看着周围,觉得自己没法认出她来。他朋友们知道他父母离异,但没人知道分离的苦,以及其后沉默的那几年。

最近诺尔从父亲那里得知,她早先写信给诺尔,父亲却原封不动退了回去。他回了一句让他深深后悔的话,说宁可父亲放弃的是他而不是母亲。从那之后,他和父亲就不怎么说话了。诺尔听着音乐起伏,节奏变快,心里决定一回到都柏林就去探望他。

他不知不觉间喝完了饮料,就转向吧台,那里一片忙碌的景象。他想引起酒吧主人约翰·凯尔迪或者他儿子小约翰的注意,这样他自己能一直有事干,同时盘算着该怎么做。他知道自己不能离开酒吧开车一走了之,他的朋友都靠他,他也无论如何不想一个人待着。他知道只能留在这里，但可以退到后面，待在暗处，这样就不会遇见她。他想，最近十年每年夏天他都来这儿，酒吧里有些人知道他是谁。他希望他们没注意到他，如果注意到了，也希望没机会告诉他母亲，说你儿子离家两百英里，碰巧逛了同一家酒吧，正在人群当中。

这几年他在收音机上听过她的声音，总是出自她的老专辑的那几首歌，如今出了CD，两张是爱尔兰语，所有的歌都节奏缓慢，余音绕梁，她的歌喉有种深度和甜美，充满自信，行云流水。他从专辑封面上认识她的相貌，当然他也还记得她的样子，还有是从大约十年前《周日快报》上的伦敦采访得到的印象。他看到父亲烧掉了那周的报纸，但他又偷偷摸摸地买了一份，剪下采访和印在旁边的大幅照片。他最吃惊的是住在高尔威的外婆还健在。他后来得知，自从母亲和另一个男人逃去了英国，父亲就禁止外婆来探望，也不去探望她。母亲对采访者说，她经常回爱尔兰，去高尔威看她母亲和阿姨，她是从她们那里学会所有这些歌的。她没提到还有一个儿子。

之后几个月，他常常端详照片，发觉她笑容狡黠，面对镜头很自然，目光神采飞扬。

他快二十岁时学唱歌，音色被认为不错，在很多专辑中被用作和声和伴音。他的名字和其他乐手的名字印在一起。他经常看着CD封面，把自己想象成母亲，心想她是否会买这些唱片，她是否会随意扫视专辑背后的名字，然后看到他的名字，顿了一顿，记起来他现在该是几岁，自问他是什么样的。

他又买了一杯酸橙汽水，背向吧台，面对乐队，想要找出自己该站在哪里。突然间，他看到母亲直直地看着他。昏暗的灯光下，她并不比《周日快报》上的照片老多少。他知道她五十出头，但因为垂着长长的刘海，一头红褐色的头发，看起来年轻十到十五岁。他不动声色地回视，不笑也不露出认识的表情。她的注视太过直接而好奇。

他望望门口和夏日的暮色，再次向她望去时，她仍然看着他。她和一群男人在一起，有些人他从服装判断是当地人，但至少有两位是外地人，他觉得可能是英国人。还有一个年纪更大的妇人坐在众人中间，他不知该如何判断她。

突然，他发现音乐停了。他张望着看朋友们是不是在收拾乐器，只见他们都看着他，似乎在等待什么。他吃惊地看到酒吧老板娘斯塔提娅·凯尔迪也在酒吧里。她曾对所有客人说过，过了晚上六点，她不会站在吧台后，这是规矩。她朝他笑着，可他不确定她是否知道他的名字。他想自己对她来说，不过是一个每年夏天从都柏林来几次的小伙子。然而你摸不透她，她有一双锐利的眼，什么都不错过。

她做手势让他走到边上，这样她能把大家看得更清楚。他照做了，她远远地招呼他母亲，唤起她的注意。

"艾琳！艾琳！"

"我在这里，斯塔提娅。"他母亲回应说。她口音中有轻微的英国腔。

"我们准备好了，艾琳，"斯塔提娅说，"你现在就开始吧，过会儿人更多。"

母亲垂下了头，又抬起，表情严肃。她朝斯塔提娅·凯尔迪郑重地摇了摇头，似乎说她不能，虽然她已经准备好了。约翰·凯尔迪和小约翰此刻也不再招呼客人，酒吧里所有人都望向诺尔的母亲。她朝大家露出清纯的笑容，把刘海往后一推，再次低下了头。

"现在安静！"约翰·凯尔迪大声说。

她的嗓音飘起时，似乎不知从何而来。比唱片上的更有力，甚至低音也是如此。诺尔想，酒吧里大多数人知道她现在唱的这首歌的一两个更平易的版本，有些人或许知道他母亲的这个版本。但她的唱腔更为热烈，优雅的音调，华彩段落，突变的声线。她唱到第二段，抬起头，睁大眼，朝斯塔提娅露出笑容，斯塔提娅站在吧台后面，环抱着胳膊。

诺尔觉得她起调太高，唱过八九段后，不可能毫不减色，除非强行把高音压下来。但她唱下去，他就知道自己错了。她对优雅高音的呼吸控制非常出色，但也是因为唱的语言自然。这是她的母语，也应该是他的母语，只不过他的爱尔兰语差不多忘光了。她是老式腔调，很有感染力，有时稍显夸张，不注重把调子唱得甜美。

他并不想从站立的地方离开，但他发觉自己正独自站在她和她那群朋友与吧台之间，已经距离她较近了。这首歌与其他许多老歌一样，是关于单相思的，但它不同的是痛苦渐增，很快成了一支关于背叛的歌。

她闭上眼睛，唱出颤音和长调。有时她在两句之间停顿半秒，不是为了换气，而是考虑到酒吧里的人，让他们听到自己的静默，然后歌曲进入缓慢而绝望的收尾。

母亲唱起这些悲痛的歌词时，再次直直地望着他。她的嗓音更热烈了，但并没有夸张地追求效果。她唱到著名的最后一段，目光还是没从诺尔身上移开。诺尔则在心里构思着怎样在她声音之上唱歌。他努力地想象着怎么做，她的声音会怎样避开伴唱，可能还会故意让伴唱者感到为难，但他相信，他把调子随着她的声音降低或升高就行了。然而，他心知自己要保持沉默，她看着他的眼睛，他也静静地看着她。她唱着她的爱人带走了北，她的爱人带走了南，她的爱人带走了东，她的爱人带走了西，他发觉大家都看着她。她又低下了头，最后一句几乎是用说白，她的爱人带走了上帝。

唱完后，她朝约翰·凯尔迪和斯塔提娅点点头，谦逊地转向她的朋友们，并没有回应掌声。诺尔发觉斯塔提娅·凯尔迪看着他，热情亲切地笑着，他觉得她知道他是谁。他意识到不能再待下去了。他要召集其他人，不经意间流露出不耐烦的样子。母亲要和她朋友在一起,他和他的朋友要离开,他要让这事看起来很正常。

"上帝啊,唱得太好了。"他走到窗口壁凹处,其中一个朋友说。

"她的声音是很好。"诺尔说。

"我们留下来,还是怎么?"朋友问。

"我跟其他人说过,我会尽快送你们去古瑟汉。他们会等你们的。"

"那么我们把酒喝完。"朋友说。

他们慢慢地收拾东西准备离开,他一边留意着斯塔提娅·凯尔迪。她从吧台后出来,正和几个酒客搭话,开着玩笑,但明显是要过去和他母亲说话。斯塔提娅可能过一会儿才提到诺尔在酒吧里。其实她可能根本不会提到此事。但也可能她一开口就说这事,这足以让母亲站起来寻找他,或者只是温柔一笑,并不怎么在意,神情不变,也不离座。这两个结果他都不想看到。

他转过身,看到朋友们还没喝完,只是刚把乐器收拾好。

"我去车里,"他说,"你们去那里找我,记得把吧台上的吉米抓来,我要带上他。"

其中一人不解地看着他,他知道自己说得虚伪,而且语速太快。他耸耸肩,走过在酒吧大门口喝酒的人,谁都不看一眼。在外面,傍晚第一辆开了灯的车驶来,他颤抖起来。他知道自己不该再多说话,假装这只是个普通的傍晚。一切都会被遗忘的,他们会通宵达旦地演奏唱歌。他坐在车里,在黑暗中等其他人来。

关键所在

南希下楼的时候，瞧了一眼那张照片，心想何时才好把它取下来。墙纸已经贴了很多年，她知道相框背后的那块肯定会有色差。比起周围的遗迹——几件沉重的暗色家具，大厅里的石膏装饰，两三幅油画——这张照片更鲜明地提醒她，这几层位于纪念广场老酒铺上的房子里曾住过乔治一家，如今已经辉煌不再。门廊里堆满了箱子，石灰墙面没有漆过，老家具扔在隔壁百货店上面的房间里。乔治死了，他那老照片上尊贵地坐在大椅子上的母亲，也老早进了坟墓。南希想，没必要再留下一张十几岁的乔治盛装站在母亲身边的照片。她想，等哪天把它取下来，放进储藏室。

那天上午，和她一起上班的凯瑟琳去休息了，她独自在收银台后，看到一个女人在偷东西。她注意到这个女人站在中间走道上，没提网篮，只有一只皱巴巴的购物袋。她查看着冷冻食品目录，但一直偷偷瞄着南希。那女人朝门口冲去时，南希飞快地过去挡住她的路。

"放在这里。"南希指着收银台旁的置物台说。

那女人没动,南希转身锁了门。

"快点,快点。"

女人从包里拿出两盒奶油酥饼,扔在地上。

"以后,"南希说,"你可以去偷达纳超市①,他们饼干很多。打开你的包,看看还有没有其他的。"

"你觉得你了不起是吧,"女人说,打开包让她检查,"不过在一家小超市里干,你什么都没有。"

"走吧。"南希说,开了门。

"当然了,你不过是个小贩,跟你那老妈一样。"

"如果你不马上走,"南希说,"我就叫警察了。"

"哦,你们听到没有?她是广场上的一等人啊。"

"回家去吧。"南希说。

"你们还在卖一支两支的忍冬牌香烟②吗?"女人问。她准备走了,脸气得通红。

店里还有一个客人,是个女人,安静地在超市中间走道走动,假装什么都没听到。

"没人给你擦屁股。我不知道谢立丹一家怎么受得了你。"女人咆哮道。

南希走过去推她,把她推进纪念广场。

"走吧,"她说,"去你该去的希尔③吧。"

---

① 达纳超市,爱尔兰大型连锁超市。
② 一种廉价烟,可以拆开了卖。
③ 希尔是镇上穷人住的一块地方。

南希关了门，默默回到收银台，仿佛手头有要紧事似的。她看到地上的奶油酥饼，就走过去捡起来。有些饼干碎了，没法再卖。她把饼干放到一旁，又捡起那本冷冻食品目录，专心致志地看着。她想，镇上没人对冷冻食品感兴趣，除了炸鱼排。她翻阅着目录，等着唯一的顾客来收银台。那女人终于把篮子放到置物台，那姿态却表明有人对她说了很冒犯的话。南希希望她不是从希尔来的，或者没听见她对那小偷说的最后一句话。之前她没在店里见过这女人，似乎不必去迎合她。南希默默地输入每一样物品的价格，她的顾客把超市篮里的东西倒出来，动作迟缓地放进她自己的购物袋。这女人戴着一顶绿色针织帽。南希找给她零钱，她垂着眼，紧闭着嘴。她出门后，南希站在窗口看着她脚步轻快地穿过广场。

吉拉德放学回来，想把书包往收银台旁一扔，话也不说，立刻就走。

"你不能把包放在这里，"她说，"拿到楼上去。"

"他们都等着。"他指着站在纪念碑旁的一伙男孩子。

"拿到楼上去。"她又说了一遍。

"女孩们在哪里？"他问。

"听音乐。"

他做了个鬼脸，走出店门，推开通往大厅的门。她听到他跑上楼梯，又噔噔噔地跑下来。听到厅门砰地一响，她走到窗口看他往哪个方向去。她看到一个推着婴儿车的年轻女子，正站在那里看她，好像她是人体模型或者穿着最新时装的模特。年轻女子嚼着口香糖，渐渐地目光变得赤裸裸的，几乎是带着恶意。南希转过身，去了店后，不管那女子是谁。

银行里的那一幕总是挥之不去，像是皮疹，或是某种烈药的副作用。她知道乔治没留下钱，因为事故前一个月，她提起他们或许要换一辆旅行车，他直率地说——他一向都是那么直率——他们没钱。他那种语气，令她无法提出让他去银行贷款。她现在知道了，他没法贷到款，因为他抵押了店铺和上面的居室，还有旁边的储藏间，而且开支和店里的进账差不多，有时还超支。

银行经理罗德瑞克·华莱士先生已写信给她，答应见她。她喜欢他整洁的胡子和亲切的笑容。之前她从未与他说过话，只有银行打烊，他在广场周围遛一条狮子狗时，他才和她热情地打过招呼。她去他办公室，他再三道歉让她久等。她一坐下来，他又道歉。

"没什么，没什么，"她不接受，"我才刚到，我没有等您。"

他突然很有兴趣地看她一眼，然后望向朝着广场的高高的窗子。

"不管时间是谁创造的，他都造得太少了。"他说。

"哦，这话太对了。"她说。

他还是望着窗子，仔细地看着上边的部分，似乎要对某事做出结论。南希看到他办公桌上几乎空无一物，只有吸墨纸和一支钢笔。没有纸和文件，也看不到有电话机。

他嘴里喃喃自语起来，那是她已经听腻了的话。

"对您遇到的事我很难过。这太令人震惊了，我听到的时候都不相信。太突然了，太突然了。那个路上的转弯很可怕，我自己也看到过，但我从没想到……哦，我从没想到……不管怎么说，对您遇到的事我非常难过。"

"谢谢。"她说着低头看自己的手包和高跟鞋。

华莱士先生看了一会儿她背后的墙，又说了。

"我想您很忙，想马上开始谈事。"

"是的。"她微笑着说。

"好吧，"他仍然看着墙说，"我从罗欧汽车商那里收到了支票，您好像买了辆二手车。"

他说这句话带着强调的语气，她觉得有点奇怪。他抿着嘴。她想他的眉毛过于浓密了。

"好，我们要承兑支票了，我应该让您知道这点。"

她思索着最近有没有填过其他支票。她想前几天填过两三张。华莱士先生皱着脸，拧着眉，像是遇到了一个难题。她看着他，等着看他怎么说，但他又把脸转向窗口，什么都没说。后来，她希望自己当时对他说了她需要什么，要做什么，有好几次她希望她当时偷偷地在面谈时走出他的办公室，关上门，让他独个儿去想。

他在椅子上坐直了。

"我们的问题是还没收到您的还款。相反,我们还不断收到您开的这个账户的支票,可账户里没钱,而且比没钱还少。"

他顿了顿,笑了起来,似乎比没钱还少这个说法很有趣。

"如果我们是慈善机构,"他继续说,"当然,这种情况是最好的,因为那样我们就能尽情地把钱给出去。"

他盯着她,观察她的反应,一边用手挡着嘴。

"支票确实是我开的,"她说,"您看,我得让生意做下去。"

"哦,生意还不错啊。"华莱士先生冷冷地说。

她努力让自己的话更像在谈公事。

"我的意思是如果要卖掉它,也要作为营利商行卖才比较好。"

长久的沉默。她开始做一件多年没做过的事。以前母亲惹恼她时她这么做过,刚开始上班时这么做过,对乔治也做过,但他们结婚一两年后就再也没做过了。她用手指默默地,不引人注意地,然而却是故意地,在裙子上划着"操"字。然后又划了一遍。划完这个字,她又划其他字,那些她从未大声说出来的字眼。她双目紧盯银行经理,手指却暗暗地不停写这些字。

"营利商行。"他说,但没有留下让她回答的空间。这句话既不是评论,也不是质疑,但悬挂在他们头顶的空气中。他盯着空气,然后又开口了。

"营利商行。"

这次他的口气里有点儿疑问,甚至有不赞同的意味。

"我是说,把它当作商行卖出去更容易。"她说。

"您咨询过吗?"他问。

"没有,我尽我努力地做好这个生意,现在我收到您的信,所以来见您。"

这么说话给了她勇气,让她觉得几乎是在违抗对方。

"盈利总是个好说法,"他说道,又抿起了嘴,"如果达纳超市,或者戴维斯磨坊、布特大麦培根店的老板来这里,告诉我他们在做生意,那么我绝对知道他们是什么意思。"

他的声音渐渐变轻,她还是头一次听出他有科克①的口音。她看着他的眼睛,从膝盖开始往上划了另一个字,这是她尝试过的最粗鲁的字。

"我有个问题,也希望您能明白,"他又开始说,双手在身前交握,像是在电视上接受采访,"我不是很有空。现在我有您签了名的三张支票,对您来说可能数目不大,但对我们来说不小。不过,我们会承兑支票。但这是最后一次,不准再开支票了。我希望看到今后每月的账单付清。这是我做生意的方法。"

---

① 爱尔兰南部的一个郡。

他拉开办公桌的抽屉,找出一本日志或地址簿的册子,放在身前翻看。他专心地看了几分钟,然后抬头看她。

"您听明白了吗,谢立丹夫人,您听明白了吗?"

她没有想到要哭,但过后她想,如果她当场崩溃,成了悲惨寡妇的样子,他是不是会站起来安慰她,提出一个更宽宏的方案呢。然而她更强硬了。

"所以我可以走了,是吗?"她问。

"嗯,请便。"他说,他的科克口音一瞬间很明显。

她回家写下了所有供货商的名字,寻思哪一家最有可能容忍欠账,哪一家又是她最不能断货的。她把它们按照优先顺序写下来。她先想到去班克洛迪或威克斯福德再开一个银行账户,拿一本支票,在那里兑现支票。但她又想到所有的银行经理肯定都串通一气,他们会知道她想做什么。于是次日,她从收银台上取了五十镑现金,让凯瑟琳留在店里,自己开车去威克斯福德,走进穆斯特与莱斯特银行,要求给她的牛奶供货商艾瑞乳品厂汇去五十镑。银行员工什么都不问,汇了支票,收了两镑的手续费。她回到家,将汇票寄给乳品厂。她想,这样一来他们会安静一阵子了。

她等了几天,想看克劳皮旅馆的贝蒂·法瑞尔会不会经过她窗前,或者能否在广场遇到她。贝蒂在店里无人时,好几次来到收银台前,握着她的手,看着她的眼睛,告诉她说，如果她有任何需要，只管开口。南希认为这是一种表达同情的友善方式，但贝蒂每次都这么说，她不禁感到讶异。

最后她给贝蒂打了电话过去，说好次日下班后会去她家。

贝蒂来应门，南希被她的穿着吓了一跳，不知她是否因为知道自己要来，刻意打扮成这样。她穿着又薄又宽松的羊毛套装，颜色是一种浅紫色，从未见她穿过这种颜色的衣服。贝蒂带她来到酒吧楼上，她意外地看到两间屋子都很大，有门相连，所有东西都崭新光亮。床边桌上的托盘里放着瓷器。

"南希，你坐吧，"贝蒂说，"我去泡茶。"

南希从未进过这栋楼的楼上房间。她忘记了是在街上、广场还是教堂或者打牌聚会上认识贝蒂的。她从小就认识贝蒂的丈夫吉姆，知道贝蒂不是镇上人。南希环顾左右，发觉地板上的地毯已经旧了，却呈现出更丰富的色彩来。墙纸也是一样，虽然看起来陈旧褪色，但并不寒碜，她觉得这意味着墙纸是新的，而且花了很多钱。

"南希，我决定了，"贝蒂边倒茶边说，"我对吉姆说：'我们要么把这房子装修好，要么就搬到没人认识我们的乡下去。'当然吉姆出生在这里，不会愿意搬走。于是我请来了装修工，又看了几家拍卖行。基尔根尼郡有个商人很好，他是最棒的。"

南希注意到贝蒂的尼龙袜薄透,而且奇怪地没有颜色,既不是深色也不是全透明。她们聊了一会孩子,又聊了在镇上生活没有花园的问题,南希知道是时候告诉贝蒂她为何来找她了。她从去找银行经理说起。

"哦,他不怎么样啊。"贝蒂说。

"你不在他那里存钱?"

"没有,吉姆一般存在省行里。"

"贝蒂,我不想说详情,但我需要有人帮我兑现支票,不是我的支票,而是客人们的支票,我认识的人。"

"把他们带到这里来,南希,"贝蒂说,"或者让凯瑟琳带他们来,或者我们去找他们,你想什么时候去就什么时候去,去多少次都行,我们把账结清。邻居就是派这个用处的。"

"你确定吗?"

"嗯,我问问吉姆,"贝蒂说,"但我知道他会怎么说。他要说的话跟我刚才说的一样。他和乔治是中学同学,你刚出生他就认识你了,他在英国不是和你姐姐相处得很好吗?"

"哦,是啊,"南希说,"但那是很久以前了。"

"嗯,我们愿意帮助你,就这样。"贝蒂说。

"太感谢了,也只是暂时需要帮忙。"

"南希,你一直很能干,"贝蒂说,"自从你去了教堂委员会,吉姆总是跟我说,你具备成为一个成功女商人的素质。"

"他那么说的?"南希急忙问,贝蒂没回答,只是淡淡一笑,跷起二郎腿,轻轻地叹了口气,靠在沙发椅上。

"我很高兴你来。"她说。

晚上,孩子们去睡觉时,她给他们一些时间脱衣服,互相聊聊天,然后她上楼,先去女儿们的房间,然后去吉拉德的房间。她让这些事显得很随意,但如今这已成为他们例行之事的一部分,没有因乔治的死而被打断或受到干扰。她问他们问题,听他们的回答,而他们刚放学回来的时候,她还问不了。她告诉他们,谁来了店里,他们也告诉她学校老师和朋友的事。她很注意不去批评他们,也不提过多建议,让自己听起来更像他们的姐姐而不是母亲。因此当吉拉德告诉她,他要把教拉丁语和自然科学的老穆尼痛打一顿时,她只是平静地说:"哦,你不该这么说,吉拉德。"

"那么我应该怎么说?"他问。

"我不知道,上帝,我真的不知道。"

她笑了起来。

"好吧,我就想这么做。"吉拉德说着,把双手枕在脑后。

"想想没关系,"她说,"我想我不会把这话对许多人说。"

她知道吉拉德的课程表，知道女儿们在学校里的同桌是谁，喜欢谁、不喜欢谁。她也告诉他们自己想买什么衣服、看到了一件怎样的外套。但在这类短短的睡前聊天中，有两件事她从未与他们谈起。他们从未提起乔治，不说他怎么死的。她也不对他们说，她停止给银行还款了，只给她认为要紧的供货商付账，她把能攒起来的钱都放在卧室斗柜底层的抽屉里，上面压着干净床单。她相信华莱士先生不会很快就来找她麻烦，就算他发现——他当然会发现——她在克劳皮旅馆用支票兑现。要过一段时间，他才会发现早就该取消抵押赎回权。他不会再从她那里拿到一分钱，她收到他的来信也不会回复。她把现金都收起来，别的银行也不能拿她的钱去给华莱士先生。再过六个月，她就有足够的钱搬到都柏林，租一套房子，平静地在那里生活，学习打字和速记，或者其他有助于找工作的技能。

她开始想象自己当上商人的秘书，给他接电话，通报访客，为他的书信打字，穿得漂漂亮亮，办事很有效率。比如托尼·欧莱利[①]这样的人，或者是开瑞安航空公司和糖业公司的人。她从不将自己的难处和梦想告人，连姐姐和姐夫都不说。她坐在超市的收银台后，每天打烊后把钱放在谁也找不到的地方。

[①] 托尼·欧莱利（1936— ），爱尔兰企业家和第一个亿万富翁，曾为橄榄球明星。

乔治想在镇上开第一家超市时，店面的所有权还是她婆婆的。母子间协商之时，南希没有参与进去，但她此刻，在星期五晚上八点开车前往布瑞的路上，却希望自己当初参与了此事。她婆婆希望能照顾到所有的老顾客，那些人生活在乡村，持有多年的账户，每星期五百货店给他们送货，另一些人每星期六来镇上，在店旁的小酒吧喝酒，在适当的时候一起结账。乔治不想再开酒吧，他想保留售酒的许可证，但把老酒吧改成储藏室。他对母亲说，大家在星期六晚上得去其他地方喝酒。而且他们要逐渐取消记账形式，让客人们付现金。但在送货的事情上，乔治只能让步了。一些很好的老主顾没有自己的运输工具，也不让店里把他们抛下不管，这点上他同意母亲。如今乔治和他母亲都已过世，南希独自开着二手旅行车去布瑞，车厢里装着整箱整箱的杂货。

她刚嫁给乔治时，他在星期四和星期五晚上会去送货，每晚送十到十五趟，深夜才回家。后来几年，订单渐渐少了。有些顾客搬到了镇上，还有一些买了车。她发现有些忠实的老顾客最近都避开他们的超市。即使在街上遇到她或乔治，他们也露出不好意思或者冷淡的神情，急于脱身。

留给南希的还有七八位顾客，大多是老年人，每周订同样的东西，每次送货，他们说的话也一成不变。她知道，其中几位的订单不多，她并不是他们的主要供货商。她常想,他们继续从她那里订货,是否出于同情心。他们为她觉得难过。她每星期五晚上去送货,他们总是非常友善感激,她每次总是不忍心告诉他们,其实她宁可不要每周开过泥泞的小路来他们家,好像她是当地的护士似的。乔治死后,应该及早停止这事,当时停止送货还说得过去,但她却愚蠢地决定一切照常,概不变更。她那时还不知乔治已将她留给银行经理,任由摆布。

她开着车,在心里把她要去的人家过了一遍:潘蒂·杜甘,独自住在什一税村①里,自从他母亲过世后,家里就没打扫过。安妮·帕勒和她温柔的妹妹住在布拉迪桥附近,进她们的农舍之前,要开五道门,关五道门;双胞胎帕斯和莫格·伯恩,每顿都吃土豆加黄油配米饭,甜点是煮西梅脯。她觉得他俩都从未脱下过帽子。索瑟兰一家六口,一个姐姐,三个兄弟,一个弟媳,还有一个表姐或是姑姑在楼上卧床,他们每周五从她那里买一家人的面包,每月结一次账,除了保卫尔牛肉汁罐头和大罐的草莓酱,其他什么都不买。罐头和草莓酱他们一人一罐,并不分享。总是面带微笑的麦格斯·奥康纳,和两条狗待在壁炉边,住在一条坑坑洼洼的长路上的两层楼房里,她一定很有钱,或者从英国拿退休金,因为她的订单是最多的,包括鸭肉块、葡萄汁、米卡多饼干、鲑鱼罐头、鸡肉罐头、

---

① 什一税村是由教会为穷人建的住处,资金来源是教民交纳的什一税。

火腿酱、三明治酱。

到了十点钟,她还剩下麦格斯·奥康纳和索瑟兰没有送到。她又冷又累,真想能有法子告诉这些客人,他们应该另找门路买这些东西。她到了麦格斯·奥康纳门前,看到停着两辆车,其中一辆是英国牌照。她下了旅行车,一条牧羊犬过来摇尾巴,另一条也过来嗅她。她从车子后座搬下箱子,向门口走去,那门和往常一样虚掩着。

"哦,看看是谁来了?"麦格斯每次打招呼的话都一样。

"这个女人,"她对坐在厨房桌边的三个客人说,"这女人是我生活的救星。我不知道离了她我怎么办。南希,你好吗?"她问。

南希问候了她,等着。

"你看上去气色不错。"麦格斯如常说道,箱子搬到了角落里。

"一会儿喝茶吧,南希,"她又说,"我这里有人给你泡茶。"

她是个体型高大的女子,平时看上去很温和,总是笑着,但现在却对客人有点说一不二的样子。

"我们就要喝茶了,"她说,"等一等,我先把两个侄女介绍给你。苏珊,从都柏林来的,妮可,从谢菲尔德来的,还有那位是弗兰克,已经跟妮可结婚了,他没有爱尔兰血统,这太糟糕了,不过你最好别告诉其他人我这么说了。"

南希心想她是不是喝多了,但随即明白是因为有客人在，她就话多。

"用好杯好碟吧，"她说着，两个侄女在沏茶，"坐在这里，南希，我已经把你和可怜的乔治的事都告诉她们了，我刚才正在说老谢立丹夫人是镇上最好的女人，没人比她更好，当然你也很好啦。我说了这话的，是吧，姑娘们？所以我想我跟她们说这番话的意思就是谢立丹一家子人以前很好，现在也很好。真可惜你没在门口听，你不会听到自己的坏话的。"

南希想这些话是不是她凭空想出来的。接下来的沉默中，她觉得自己看到了一个背对着她们的侄女正笑得打颤。

"哦，把账本给我，免得我忘了，"老女人说，"我看看欠你多少。我一直把钱放在身边，可是很容易被抢的。这条路上头住的菲利·邓肯，经常为我去邮局。要不是有你在，有他在，有无线电，还有谢普、莫莉，我就去敬老院了。"

她吁了口气，喝了口茶。

"南希，你到底好不好？"她问。

"我很好，奥康纳小姐，我很好。"

"看到你总是很高兴。我给这里的姑娘们写信，也对菲利·邓肯说，南希是永不会放弃的。我了解谢立丹一家人，她是不会放弃的，她会来这里的，或者让别人来送。谢立丹一家做生意很了不起。"

她一脸严肃，紧抿着嘴，捅着火炉。

"他们的东西总是最好的,他们的面包别家都比不上,那是最新鲜的,他们什么东西都有。但我相信镇上已经发生了大变化,听说来往车辆很多,进出钱也很多。我还听到达纳超市在收音机上播的广告,但我一点不喜欢他们,他们不会从镇上过来,他们谁都不认得。南希,那些达纳的人,他们做不好生意的。"

喝完了茶,麦格斯·奥康纳问南希要不要来一小杯雪莉酒。

"你回去路上能暖和点。"她说。

南希正要拒绝,一个侄女端来了一个托盘,上面放着一小瓶酒,五个小玻璃杯。

"姑娘们很好的,我叫她们给你送来一份小小谢意。"

麦格斯拿出一个用亮红色纸包的小包,递给她。

"你要记住,这只是聊表谢意。"麦格斯说着,南希打开包装,发现是一瓶4711香水。南希谢了麦格斯,麦格斯笑着点点头。

"哦,谢立丹一家都是很好的人。"她说。

南希离开这家,已过十一点,天开始下雨。她到了路上,知道如果左转,就能在二十五分钟内到家,吉拉德可能还醒着。如果右转,就要走三英里,再开上另一条小路才能到索瑟兰家,给他们送三口大锅、四条面包、六盒果酱和六罐保卫尔牛肉汁。这个念头一进入脑际,她就意识到自己应该左转回家。她想,次日一早还是可以把面包在超市卖掉的。

第二周的一天晚上,吉拉德问南希,她会不会再婚,南希很是意外。她告诉他,这事她压根没想过。

"哦,"他说,"我听说的不是这样。"

最后,经过好一番躲闪和取笑,他告诉她,他和妹妹们最近三次看到母亲和业务员伯兹艾聊得火热。

"我们只是在谈生意,吉拉德,"她说,"别胡说八道。"

"他们都那么说的。"他回答说。

后来几天,他特意在她的餐桌位置上放了一包伯兹艾的蛋奶糕饼。她阻止不了他,也只好由他去,只是他这么坚定,又这么调皮捣蛋,她感到吃惊,不知该如何应对。

她不想让他知道她和伯兹艾的聊天内容。来店里的推销员里,伯兹艾是最受欢迎和最健谈的一位。他每句话结尾都有一个"夫人",仿佛这是一个教名。乔治在世时,他来拿订单的时候就会找到她,跟她长篇大论地聊天,告诉她新闻,还知道达纳超市的扩张计划和内部运作。他个头小,身材圆胖,一张大脸和蔼可亲。乔治老是在他走后取笑他,说他是个天生的推销员,因为看起来与人为善,你就会从他那里买东西。

她不知道自己为何会对他诉说自己的处境。也许因为他为人友善,住得又远,那里没人认识她,但她知道其实最关键的是他会听她说话,一个细节都不会错过。她没告诉他正在底层抽屉慢慢攒钱，因为无法判断他会有什么反应。但其他事她都说了，他注视着她，留神听着每个字，等着下一个信息。

"我明天再来，夫人，"他说，"你四点钟在这里吗？我明天再来，有很多话要跟你说，夫人。"

次日他再来时，凯瑟琳还是在工作。他一到，就悄声问南希他能否看一下门厅那边的储藏间。酒铺的老柜台还在那里，对着广场的窗口拉着窗帘，房间里堆满废品。他默默地打量了一会，看得很仔细。

"好，"他说，"昨天我的想法是对的，夫人，但我得考虑一个晚上。我打了一个熟人的电话，没告诉他是哪个镇，他同意我的看法，夫人。现在我确定了，你只有一件事可做。低投资，赚钱快，夫人，这是关键所在。"

他们站在积灰的老房间里。他看着她，像头随时要跳起来的小动物。她对着他的目光，诧异于他严肃和斩钉截铁的样子。

"炸薯条，汉堡，夫人，速食鸡，炸鱼排。"他说。

"我肯定不会做炸薯条，"她说，"孩子们抱怨我都不怎么会炸土豆。"

"现在到处是机器，便宜，能帮你做一切事情，夫人。"

"你想要我怎么做？整天都做炸薯条？"

"周末特卖是最好的，要我说。"伯兹艾说。

"我没法站在这里卖炸薯条。"南希说。

"嗯，这样的话你就站到路边去吧，夫人，你现在就面对现实吧。"

"哦，谢谢你，"她说，"这帮了很大忙。"

"你很快就能把这地方装修好。"他说，热切地注视着她。

"你知道，"她说，"我想离开镇上，再也不回来了。"

"你考虑一下吧，夫人。"他说，又环视了一圈屋子，"这生意一定会火的。"

接下来的周六，是格雷丝旅馆开新酒吧的第一晚，一点半过后，人群涌入纪念广场。有些人坐在纪念碑周围，其他人聚集在超市外面。南希没法安睡，担心噪音会传到孩子们睡觉的后室。

当晚她见了正在广场遛狗的华莱士先生。她想他一定已经知道她没付应到的款额，但他对她微笑，比往常更热情有礼。有一瞬间，她甚至以为他要停下来寒暄几句。这让她更害怕起他来，决定再也不去他办公室了。

她没有伯兹艾的电话号码。她知道他住在沃特福德市附近，已经结婚，孩子还小，也知道他的业务范围包括基尔根尼、卡尔洛和威克斯福德，还有这些地方之间的所有地方。她要等到他下次来，问他那些自从他和她说话以来，她一直放在心里的问题。开一家炸薯条店，她能赚多少钱？多快能赚到钱？这地方布置起来要花多少钱？多快才能搞起来？她盘算着这几个没有答案的问题，彻夜难眠。

她的窗下有两个男人在唱歌，其他人也跟着唱了起来，于是成了一群人唱歌，响亮、喧闹，他们半醉半醒地高声唱着：

> 她的双眸闪亮如钻石，
> 你觉得她是这里的王后，
> 她的长发垂落在肩后，
> 束着一条黑天鹅绒发带。

她躺在那里，等他们唱完，但曲到末尾，他们大声欢呼起来，又开始另一首歌：

> 再见啦，我亲爱的蒂娜，再会一千次吧。
> 我们即将离开神圣的土地，我们深爱着这里的姑娘。

其中一个嗓门比其他人更响的，开始吼起歌词来。躺在黑暗中的南希知道第一段的最后是什么，是大家齐声唱"你是好姑娘！"，然后继续唱下去。她想邻居们有没有被吵醒，是否有必要打电话叫警察。

歌声更响亮了，她走到窗口，拉开窗帘，推起下半扇窗子。她以为他们会注意到这个动静，甚至也许能让他们安静下来，但他们还在唱。她看到有五六个年轻人，旁边还站了两个女人。

"打扰一下！打扰一下！"

开始没人听到她，后来一个女人朝她指了指，唱歌的大伙儿走到路上，以便能看到她。

"打扰一下，但我们要睡觉，还有孩子呢。"

"我们没有不让你睡啊。"一个人大声说。

"这是自由的国家。"他旁边的年轻人也说。

其他人抬头望她，一句话也不说。

"很晚了，"她说，"你们能马上回家吗？"

她知道自己说得太装腔作势了。

"你们听到这位该死的夫人了吗？"一个人喊道。

"尊贵的夫人呀。"

她不知道该站在那里还是退开。她看到一个人从那群人里走开了。她觉得那个是唱得最响的，但在他走向纪念碑朝她喊叫前，她没听出来。

"你这臭娘们！你这该死的臭娘们！"

她关了窗，拉上窗帘，但这似乎更触怒了广场上的人。

"你这骚货，"他大喊大叫，"你这骚货。"

"啊，穆特，好啦。"他的一个朋友朝他嚷。

但他还在说。

"你这个臭骚货，臭骚货。"

下一周伯兹艾来的时候，她问他能否在六点钟超市关门后再过来一趟。她准备好了所有的问题，而他全有答案。最后约好她星期四去都柏林看装修需要的设备，和卖方公司谈谈。伯兹艾保证他会帮她联络安排好。

"速度，夫人，速度是关键。"他对她说。

他一走，她就上楼给贝蒂·法瑞尔打电话，问她推荐的那家基尔根尼家具商的名字和电话。贝蒂爽快地给了她号码，什么都没问。她打过去，店主亲自接电话，说好次日傍晚来看看她要卖的东西。

他是个灰发高个男人，气质温文，像是乡村中学教师。她领他走进储藏间上面的房间，那里放着老餐桌。他摸过了表面，跪下来看底面。

"你要卖这个？"他问。

"如果价钱合适，再加上两个边桌。"她说，"我还有其他东西。"

她带他去起居室，给他看壁炉上挂的油画。

"说实话，"他说，"要是我就不会卖，卖了就再也拿不回来了。"

"只要价格好，我就卖，"她说，"楼上我还有一幅。"

"这些很难定价，"他说，"我可能要等好久才能等到买主。"

"你不是买主？"

"我是交易商。"

"哦,还有书呢,你收书吗?"

傍晚将尽时,他写下了两张清单。一张上只有三样东西:乔治时期的餐桌,带两个边桌;两幅弗朗西斯·丹比[①]的斯兰尼河油画;霍勒《威克斯福德郡史》的全套初版。另一张上有十五六件东西,相对而言不那么重要。

"再下楼到这里来,"她说,"大厅里的枝形吊灯是从一开始就有的。"

他在第二张清单上记了一笔。

"怎么样?"他走到厅门时,她问他。

"嗯,"他说,"我会带着价格再来一趟的。"

"要现金。"她说。

"你听上去像是要携款潜逃似的。"他说。

"你说什么?"

"这么多东西要我付现金,这还是第一次。"

她星期四开车去都柏林,把车停在圣斯蒂芬公园旁,在罗素宾馆见到了联系人。他的气质与伯兹艾相仿,急切、友好、积极、热情。

"好了,"他说,"托马斯街的这个人会把你要的东西都卖给你,他会给你准备好。他老实得要命,对东西内行。他要求立即付现。"

[①] 弗朗西斯·丹比(1793—1861),十九世纪爱尔兰画家。

他顿了一下，看着她，确定她完全同意。她没动。

"你需要一台大冷冻柜，"他继续说，"我知道有人有一台，你还需要一个主要供货商，找我就行了。所有东西都是现成准备好了，冷冻的，每周送货一次。再说一次，要当场付现金。"

突然间他变得强硬起来，露出威胁的神情，仿佛只要没现金，他就会翻脸不认人。

"你喜欢的话可以在其他地方采购，"他说，"不过不会更便宜。"

她问了他一个问题，这问题在她来都柏林一路上都盘桓在脑际。

"我想知道，"她说，"你一大袋冷冻薯条多少钱，我能从中做几包炸薯条出来？你一个冷冻汉堡包又卖我多少钱？"

他说要写下来给她，但她说如果他记得数字，直接说给她听就行。他慢慢地给她详说，直到她说可以了，因为她要心算一下。

"我不需要在其他地方采购，"过了一会儿她说，"你就是我的供货商。"

"你要说的就是这个？"他问，第一次调戏她。

"就这个。"她笑着说。

托马斯街百货店里的人是胖胖的小个子，乐呵呵的。伯兹艾要她开的店，他也心里有数。他给她看一幅草图，是对她炸薯条店的规划,他说日夜赶工,二十四小时就能装修好。

"等到弄好你肯定满意,"他嘿嘿笑着说,"我只需要一样东西,除了一条新腿之外。"他摸了摸腿,皱眉苦笑,然后又哈哈笑起来,"我们得要一个名字,我们会给你装好招牌灯。"

"给店铺装灯?"

"我们需要一个又大又亮的标志。"

"纪念碑,"她说,"我们给它取名纪念碑。"

"好吧,"他说,记了下来,"那么我们两周内会准备好,下周我要一半订金,另一半等完工后再付。"

"现金?"

"没错。"他说。

基尔根尼那人开始在电话里闪烁其词。

"我完全没法给油画定价。没人知道它们值多少。它们应该到都柏林的大拍卖会去卖。"他说。

"那么你为何不买下来拿去拍卖会呢?"

"我就是这意思,"他说,"特别是大的那幅,能卖到我出价的五六倍。"

"你运气真好。"她说。

"我不是这么做生意的,我付的是合理价格。"他冷冷地说。

"如果你出价好，立马给现金，我就卖。只要你给我的价格不错，哪怕你成了百万富翁，我也不会抱怨的。"

"我明天打电话给你。"

她没有告诉别人，她打算在超市旁的储藏间里开一家炸薯条店。她考虑过告诉贝蒂·法瑞尔，但又否决了，觉得贝蒂对这种冒险行为不会有多少热情。但她继续在法瑞尔家兑现支票，囤积现金。她不再和银行有交易。最后她与基尔根尼那人签订合约，钱比她想象的还多。她开车去见他，他默默地递给她一个装满了二十英镑的信封，足够支付大冷冻柜、机器和他们的设备，还有店铺招牌和装修的钱。但她还需要钱来进货，发工钱，维持运作。虽然她不想动自己的存款，但知道如果把钱存进信用合作社，就能借到两倍的钱。

她知道吉姆·法瑞尔在信用合作社委员会工作。她叫贝蒂问问吉姆，信用合作社是否能提供她现金形式的贷款，或者提供支票，然后吉姆和贝蒂帮她兑现。

"吉姆会安排成现金的，"贝蒂那天后来告诉她，"但你得去和他们碰面，他说委员会的其他成员可能会问东问西，会想知道你生意的详情，但他说你可以不理他们，也别提现金的事。"

她再次想对贝蒂推心置腹，但又意识到如果她说出了心里的想法，可能就会勇气尽失。她什么都没说。她觉得贝蒂一定非常好奇,但她并没有直接问出来,这点她很佩服她。

她把钱存到信用合作社的次日,就等着去面对委员会问她贷款的事。接待室里的人她一个都不认识,但一进办公室,就发现委员会五个人她认识四个。吉姆·法瑞尔做出一副公事公办的模样,说大家都认识她,欢迎她来信用合作社。吉姆·法瑞尔说话时,她不喜欢别人那样看着她,她明白他们不喜欢有人第一次存款的次日就来贷款。她知道他们忍不住会问她问题,回家后也会忍不住对妻子说起她的事。

"我要说达纳超市对你的生意影响很大。"委员会成员之一马特·诺兰开始说。

"有一定影响,是的。"她心想自己是否口红涂得太多。

"我要说广场不准停车,你一定觉得不方便。"他继续说。

她茫然盯着他,没说话。

"我们尊敬作为生意人的乔治和南希,"吉姆·法瑞尔说,"如果大家没有更多问题的话……"

"有趣的是你以前从未来过信用合作社。"马特·诺兰又说,"而且,"他举起手,"如果你不介意的话,吉姆,我要说一个没经验的女人是很难接下生意的,更别说扩大生意了。我想知道你有什么计划,想看更多的数据。"

一个委员会成员点了支烟,她不认识此人。南希记得马特·诺兰年轻时去她母亲店里给他自己买过糖果和果露。

她觉得他过去三十年，穿的是同一件发亮的西装，理同一个油光的发型，戴同一个时髦的领带夹。

"因此如果你能……"他继续说，但吉姆·法瑞尔打断了他。

"南希，非常感谢你来，再次欢迎你来信用合作社。如果我们还需要其他资料，会再和你联系。"

她起身时，马特·诺兰忿忿然看着她。她知道他心里在想，她嫁进了谢立丹家门，如今敢于借助他们的姓氏来做事了。

那天晚上，她陪了一会儿孩子们，回到起居室，贝蒂·法瑞尔打电话给她，说贷款已经批下来了。她说吉姆明天会把现金给她。

她开车去都柏林，给托马斯街上的人付了一半定金。找到早先她从超市解雇的两个姑娘，让她们恢复原职，特别说明工作时间会有变化。她知道她们需要工作。孩子们因她突然之间想要整理房子而大惑不解，在他们的帮忙下，她把所有的箱子和其他废品从储藏室搬走，开车运了好几趟扔到镇上的垃圾站去。她找了个人来粉刷储藏室，完工后付他现金。伯兹艾每次来超市收订单，她都与他商量细节。她给他朋友打电话，商量初开业的两周里需要什么货品。然后就没事可做了，除了沉默。

两天后，冷冻柜装好，货物也到了，成箱的汉堡包、面糊鱼排、冻薯条。尽管在大白天，但并没人注意到有人抬着冷冻柜进储藏间,喜欢万事过问的吉拉德也没想到去储藏间看看有什么新鲜事。她拉上了储藏间的窗帘。

托马斯街的人星期五晚上八点钟来。她前一天把货都送掉了,于是这个时间能和他碰面。他开了辆货车来,她站在门口时,一辆小车开来,里面有五个人。

"他们都是从英格兰来的,都想加班,所以我告诉他们,如果想加班,我就让他们加班,"他说,"我保证明天晚上把他们送回家喝酒。所以一切都没问题。"

他嘿嘿一笑。

"你们什么时候睡觉?"她问。

"哈,不会有很多时间睡觉的,"他说,"我们会在地板上躺一躺,不过到了半夜,我们要大吃一顿才行,明天早上八点也要吃。香肠、火腿片、布丁、鸡蛋就行。"

"我什么时候来学怎么用机器?"她问道,这几个人走进储藏间。

"炸薯条有五个步骤,"他回答说,"鱼排也是,但做汉堡包不一样。如果你有纸笔,我写给你。"

"我什么时候能开张?"

"我们明晚九点布置好这个地方,你烧热油就行了。"

"你是说明晚开张?"

"我有个小建议。我这里有个用得很好的风扇,我要把它放在窗口角落。把油烧热,越热越好,然后把薯条扔进去。几分钟后就差不多了，打开窗子，开电扇，镇上的人都能闻到薯条的香味，他们会像狗儿闻到牛尾汤那样冲你来的。"

她开车去镇上那头，找到那两个姑娘，让她们在明晚九点后来工作几个小时。两人都没问她为何超市要开那么晚。她回家后，让孩子们把电视机关了，告诉他们将要发生什么事。

"炸薯条赚钱吗？"吉拉德问。

"你要在那里工作吗？"一个女儿问。

"我们还要开超市吗？"吉拉德问。

她让他们下去看刚开始干的活。

"谁了解这个？"吉拉德想知道。他们站在厅里，男人们正把沉重的箱子扛进来。她猛然发觉这说话口气像是他父亲。

到了半夜，她请工人们到厨房，给他们铺好桌子。她根据要求，做了很多油炸食物，热了好几大罐的豆子。然而很快食物都吃光了，茶也喝完了，她得从头开始，再油炸火腿、香肠、热豆子，再到店里去拿面包，煮茶。这些人聊着，笑着，只在她拿来食物时才注意到她。其中一个的前臂上有条蓝色的长文身，形状是一只船锚。

她晚上被敲锤和打钻的声音吵得没有睡着，早上七点，她穿衣下楼，看到吉拉德已经在那里看着他们干活。他略略跟她打了个招呼。场地上到处是电线和锯屑，但已经能分辨出柜台和烹饪区的雏形来。她想自己怎样才能在超市待一整天呢,大家从储藏间门口看到了这事,问起来,她该如何回答。她想,工人进进出出储藏间去停在大街上的货车上取东西,大门常开着,这事是藏不了的。

"我们要吃早饭,夫人。"工头说。

"你们一晚上都没睡吗?"她问。

"没停下来干坏事。"他大笑说道。

"你真要今晚开张?"吉拉德问她。

"是的。"她说。

"但还有一大堆事要做。"他说。

早餐过后,她一边思考这一天的事,一边找到了工头。

"你知道那块招牌吗?"她问。

"纪念碑,在我这里。"他说。

"能放到最后做吗?我是说等其他东西都就位了再做。"

"听你的。"他说。

她看到吉拉德狐疑地扫了她一眼。

九点半,她照常开了超市的门,把送来的面包拿进来。女儿们早早走了,一天都和同学在一起,吉拉德晃悠在储藏间里,不肯出来。凯瑟琳十点钟来了,她和南希站在收银机旁,仿佛什么事都没发生。星期六开门晚,是最忙碌的一天。捶打声和钻孔声更密集了,凯瑟琳并没有问她任何问题。她睡眼惺忪,没注意到有特别的情况。整个上午,南希等着有人进店门来询问隔壁的事由，但没人来问。

中午，她让凯瑟琳独自留在店里，自己去给工人们做油炸食品，包括他们要的土豆。她等着托马斯街的工头来，告诉她他们忘了装重要的设备，或者遇到了不可预见的问题，或是错误估计了完工的时间。但他满脸堆笑，很有自信。工人们吃饭时，她到楼下去。吉拉德一个人坐在储藏间的椅子上。他俩看着所有的新设备，看着天花板上没有完全连好的电线。她打开钢槽，薯条将在这里炸出来，他俩瞧着沥油处，薯条要在这里装进袋子，袋子也是供货商提供的。楼上，她准备好了盐和醋的塑料容器，还有番茄形状的红色盒子，用来放番茄酱。

她与吉拉德一起研究新设备时，起初没发觉储藏间的窗帘拉开了，两个女人正从外面盯着她。她退到暗处，直到她们走开，然后她赶紧拉好窗帘。

"你怎么啦？"吉拉德问。

"我到楼上去。你别跟别人说话。"她说。

"你看起来像是要被抓进去的样子。"

"吉拉德，如果有人问你问题，嗯，不管是镇上哪个人，叫他们来跟我说，什么都别告诉他们。"

"好。"他说，好像他才是管事的，"你上楼去吧，如果有人来找我，就说我不在。"

六点，她又让凯瑟琳接管，这时女儿们回来了，无动于衷地扫了储藏间一眼，对进行中的事没有表现出兴趣。

吉拉德正相反,一直待在屋里盯着他们干活,好像他一移开视线,这些东西就会消失一般。工人现在想吃火腿三明治、茶和巧克力饼干。

新店基本就绪,一切顺利。两个工人在做商店招牌,凿着储藏间大门前和窗口的石头,钻着洞。靠在墙上的是长长的白色塑料招牌,上面鲜明地印着"纪念碑"红色字样。

"你等着看灯光效果吧。"工头对她说。

南希还站在暗处,随时准备有一群人涌过来。

"开心点吧!"他说,"这事可能永远不会发生。"

"会发生的,"吉拉德插嘴说,"今晚九点就发生。"

"你没作业吗?"她问他,但他们突然被竖起来的价目单吸引了注意力,单子印制在薄塑料片上,与门上的招牌是同种材料,列出了哪些品种在售,价格多少,这些信息是几天前南希给工头的。

"价目单也会打灯,"他说,"这些是你告诉我的价格,你想换数字也很容易。我再多给你些数字牌。在做下一步之前,我有两条建议。第一条是耐心,耐心。热油花时间,炸薯条也花时间,炸鱼排花时间,热汉堡包也花时间。客人想立马就吃,烹煮的香味让他们两眼泪汪汪,舌头都伸出来了。别把注意力放在客人身上,这是我的建议,因为那样的话他就会是第一个散布消息说薯条是生的、鱼排上面的面糊也没炸熟的人,那就开了个坏头。第二条是,你把棕色包装袋装满薯条后,再扔几条进去,这不会花你多少钱,但看上去很好,很超值,他们都会喜欢你的。这就是两条有用的建议。"

"番茄酱要钱吗?"吉拉德问。

"不要,"他说,"盐、醋和番茄酱都是免费的。"

"如果设备坏了我们怎么办?"南希问。

"我们要带上一大包薯条路上吃,所以设备必须得好,弄不好我们不走。你现在可以把汉堡解冻了,不能让他们消化不良。"

八点钟,她提前一小时关了超市。凯瑟琳回家了,她始终没有对隔壁的事表示出兴趣。店名招牌装到门上,后面的灯光打亮时,她的两个女儿下楼来看。现在广场上一片漆黑。她和吉拉德、女儿、工头穿过街道,站在"纪念碑"字样的招牌旁,她看到自己的新炸薯条店是多么亮堂、新式、干净。他们站在那里,两个曾在超市工作的姑娘也来了,她们也望着新开张的炸薯条店。

油已在加热,汉堡和涂了面糊的鱼在解冻,第一包塑料袋里现成的冻薯条放在地上,等到油足够热,就能扔进去炸。南希上楼拿了几块布下来,把所有器物的表面都擦得一干二净,来工作的姑娘们去擦玻璃窗,吉拉德扫地。他们开张了。

工头说要耐心的话是对的。她把第一包扔进去,生薯条碰到翻腾的油,发出爆响,他站在旁边,看着她吓得往后退。

"好了，"他说，"再来一条黄金法则：'盯着薯条，薯条永远不会熟。'"

"这要多久？"吉拉德问。

"十五分钟，"他说，"不多，不少。炸鱼排也是一样，在电炉上烘汉堡包也是一样。"

炸薯条时，工人们逐一洗澡剃须，从浴室出来。南希已经付了第二笔款项，还用信封给每个人准备了一笔小费。

"嗯，我忘了一件事，你也没发现，"工头说，"先别看那薯条，想一想吧，看看周围。"

他们都环顾四周，薯条在滋滋作响。南希什么都没想出来。

"如果他们点了柠檬水或百事可乐，你怎么办？"

"我冰箱里有。"她说。

"是的，但如果你看看我给你的单子，里面有一台配饮料的新机器，它在哪里？"

"我不知道。"她说。

"是我忘了。"他笑道。

快到九点时，她用新的大个头的金属设备炸好了第一批薯条。

"你已经是熟手了，"工头说，"像是卡福拉斯①的人。"

---

① 卡福拉斯，爱尔兰著名的快餐连锁店。

她注意到来往的人开始驻足，朝店里张望。她把袋子装满炸薯条，倒了点醋上去，这时看到贝蒂·法瑞尔从窗口经过，朝她的方向望了一望，然后快步走开了。她看到好几个认识的人在窗口停留，但没人和她打招呼，也不进店来。

炸鱼排和薯条都做好打包后，工人们朝货车和小汽车走去。她和他们握手表示感谢。

"哦，我来拥抱你一下。"工头说。他在她脸颊上吻了一下。

他们出发去都柏林了，南希和吉拉德、女儿们朝他们挥手。

"你又来那种表情了。"吉拉德对她说。

"什么表情？"

"看上去像是要被抓进去的样子。"

下星期三，规划局官员来了，星期四，卫生局官员来了。她觉得两人都像是拿鼻子到处嗅的猎犬。两人都不正眼看她。他们与她说话时，眼睛瞥着天花板或是地板。规划局官员对她说，她得关店。他说，有人投诉，但即使无人投诉，她也没有得到在广场开炸薯条店的许可。她当然可以申请许可，但这要时间，这期间她得停止营业。卫生局官员在冷冻柜里看了半天，闻了闻油，什么都没说就走了。

过了两天，她收到卫生局官员的一封信，指出她违反了卫生管理条约。当天上午，她收到银行律师的一封信，是要起诉她的。

当天傍晚，她开车转过街角，去爱尔兰街，担心如果是走路去，会不会遇到人问她关于炸薯条店的事，或是抱怨垃圾的问题。她敲响内德·多利家的门，他妻子来应门，缓缓地打量着南希，目光中透着警惕。

"我不知道他是不是在家，"她说，"我要看一下，我想他出门去了。"

南希瞪着她，神色僵硬。

"我去看看。"她说。

内德·多利只穿着袜子走进门廊，衬衫前襟几粒扣子敞开着，头发乱糟糟的，手里拿着《晚报》。

"哦，南希，你现在找我，时间不对啊，"他说，"不过进来吧。"

他开门走进铺着地毯的小前厅，桌子和餐具架上堆满了箱子和纸。

"我不会耽误你很久的，内德。"她说。

他扫开扶手椅上的纸和小册子，让她坐下。她知道站着跟他说她要什么会更好，想了一会儿该怎么做，但还是坐了下来，他坐在桌子对面的硬木椅上。

"你知道我为什么来这里吗，内德？"

"我知道，南希。我不可能不知道。纪念广场很多商人抱怨噪音和垃圾。当然还有法规，到处都是法规。"

她希望自己是站着的，那样就能更认真地注视他。她觉得这样坐在他对面没有尊严，只能沉默。

"南希，我觉得你开炸薯条店这件事没有经过周详的考虑。"

她什么都没说，只是听着壁炉上时钟的滴答声。对面的墙壁上挂着一幅内德与德·瓦勒拉①握手的照片。

"我原先会想，"他说，"乔治留给你的，已经够你过得舒服。"

"是这样吗，内德？"

"你知道这样的店，"他似乎有片刻的忧虑，迟疑了一下又说，"在酒吧关门后的时间卖炸薯条，我这么对你说吧，谢立丹家不应该开这样的店。"

"我不是谢立丹家的人，内德。"

"我不是说这有什么错，南希。"

"我知道，内德。"她说，回视他的目光。

他们之间又是沉默，但她知道自己必须首先开口，她逼着他转开了视线。她感觉出他对自己刚才的话有点后悔。

"那么共和党做的就是这个吗？不让寡妇做生意？"

"好了，南希。"他抬起手。

"不是这样的吗，内德？"

---

① 德·瓦勒拉（1882—1975），爱尔兰政治家，曾任爱尔兰总理。

"南希，你开店没有申请许可，也没咨询别人。"

"如果你要关了我的店，你会有麻烦的，内德。"

"南希，这不是我们能决定的。"

"哦，是吗？那么谁才是政府？谁开的郡议会和市地方议会？"

"你不能无视法律，南希。"

"你不能吗？是哪条法律给了达纳超市停车场？我要说这需要勇气的，内德。"

她一说出口就明白自己过火了。现在他占优势了，并一把抓住，他默默地点头，神情担忧。谢立丹家一直是支持统一党的，她明白他知道这一点。他对别人支持什么很清楚。但统一党已经没有势力了，所有权力都在共和党手中。

她迅速拿出银行的来信，上面列举了她的负债情况，还有银行律师威胁她的信，一并递给他。他从衬衣胸前口袋取出眼镜，读起信来。南希看着内德，觉得她和他年纪一样大，她记得他很小就辍学了，心想他是怎么领导镇上的共和党的，共和党在他手里比其他选举出来的政治家手里都更有势力了。一瞬间，她想问问总是了解这些情况的乔治，她忘了他已经死了。

"哦，南希，"内德说，"你怎么会陷入这种糟糕的境况？"

"内德，看看第一封信的日期。乔治只留下了债务，是他母亲签的表格。所以是谢立丹一家人留下的烂摊子。乔治留给我的是三个孩子和大笔的债务。"

她以前没真正地思考过要全盘托出,但她知道这样比眼泪汪汪的效果更好。

"难道没有资产?没有投资和存款?"内德问。

"什么都没有,只有信里的那些债务。"

"你可以卖掉房子。"

"欠债比资产的价值更大。"

"是的,但因为这是银行的欠债,他们会处理的。"

"那我到时候怎么办,内德,我住哪里去?"

他把信递还给她。

"你想让我做什么呢?"他问她。

"让他们不要插手。"

"让谁?"

"让规划局和卫生局的人不要来管我,把实情告诉你说的那些广场的商人。问他们是否想看到我流落街头,街上要是没有垃圾,那就有我了。"

"你要求真多,南希。"他说。

她差点要告诉他这事以前干过,但她知道此刻什么都别说,要表现得可怜谦卑。

"唉,我和三个孩子要被赶到路边上去了。"她悲伤地说。

"给我几天时间,"他说,"但我不能做出什么承诺,你

87

开店之前应该先咨询我们。"

她忍不住了。

"我不用问就知道你们会说什么。"

她站起来。

他给她开门时，在厅里犹豫了一会儿。

"不过，虽然遇到了很多麻烦，"他说，"但是国家一直在进步，不是吗，南希？我是说我们已经走了很长的路。"

这句话在她脑海中停留了数日，她认为他说这些话是表示会帮她，弦外之音是内德和她都生在对银行、律师和规划局许可这些东西一无所知的家庭中，而如今他们能自如地谈论这些问题，这就是进步。她想，要是事情能办好，那更是进步了。

过了一周，他来告诉她，他能帮上忙，但做事得小心，悄悄地做。她得申请规划局的许可，如果被拒绝的话，她就申诉。他说，这会花不少时间，但这样就不会关门了。同时她得遵守所有的卫生法规，可以慢慢改善，每次都多承诺一些事。他说，她必须马上写信给卫生局官员，说会遵守他的一切指示。他再次过来之前还要过一段时间，她能一点点地满足他的要求。内德说，那个卫生局官员很难打交道。

那天她下了决心，要去见贝蒂·法瑞尔，道歉或者解释。好几次贝蒂经过店门口却没有惯常地向她挥手。南希现在不需要把支票兑现了，自从炸薯条店开张后，她就有了足够的现金，倒是因为钱太多而有点不安全了。于是她与银行经理约定在后半周，她带现金去见他，还这个月的贷款，并允诺每月都付钱，直到欠款结清为止。她在穿过广场的时候，准备好了对华莱士先生的说辞，打算最后告诉他，这些钱他爱要不要。但是他友好的态度让她什么都没说，只是把钱给他，里面包括脏兮兮和皱巴巴的纸币，她看着他数钱，领了收条，和他握手，离开了。

她渐渐地发现哪些时段营业最赚钱，发现她可以在十二点到两点的午餐时间营业，之后歇业直到晚上八点再开，一直开到酒吧关门，周末开得更晚些。她心想为何没人知道一家炸薯条店能赚多少钱呢，但利润有多高，她谁都没告诉，连伯兹艾都没说。

她告诉他的是，超市是个累赘，她想关了它，他让她等等，说他有个主意，等细节想好，他就来找她。

"你上次听了我的，"他说，"如果你有判断力，就会再听我一次。"

下一周他来找她，说她应该关了超市，开一家店卖烈酒、葡萄酒、啤酒、香烟，别的不卖。

"我这里有葡萄酒，"她说，"但没人来看一眼，好多都放了太久变质了。这生意根本不好做。"

"将来会这样的，"他说，"大家会开始喝葡萄酒，在家里喝啤酒，你就相信我吧。"

他带了个朋友给她，也是从沃特福德来的，此人给她看了市场研究的结果。

"作为镇上第一家店，"他说，"在橱窗里放满葡萄酒和啤酒，价格优惠，顾客就会纷纷过来。这比卖腌牛肉和洗衣液好多了。只要你找到合适的批发商，利润空间很大。这是干净的好生意，早上十一点开门就行了。"

这次她只告诉了麦格斯·奥康纳的侄女妮可，她发现她已经辞职回家了。她在路上遇到她，就说了要关店的事。

"啊，上帝呀，她会想念你的。她喜欢星期五，因为那天你会来。"

"告诉她，我会去看她的。"她说。但她知道，正如她答应自己要去看贝蒂·法瑞尔一样，这是不大可能的。至今贝蒂和吉姆·法瑞尔在街上遇到她几次，但都没说话。

有几个供货商已经停止给她送货，因为她欠了他们太多钱。她等到数天后快要关店，才把这事告诉其他几家。没有一家想要拿回退货，于是她做了安排，让伯兹艾的朋友以低价拿走还没过期的东西。过了一周，伯兹艾另一个朋友帮她装修了新的货架和更亮的灯，她开了谢立丹酒品店，在橱窗里放了特价销售的牌子。开门第一周，她的营业额就比原来高。凯瑟琳似乎喜欢她的新生意。她说她之前从未喝过葡萄酒，但喜欢这味道。供货商给了她一些免费样品。一天南希与她说话，她差点笑了起来。

"圣诞节，"伯兹艾来看他们时说，"到圣诞节你就能还清欠款了。"

到了夏末，吉拉德发现她赚了不少钱。他大部分的假期都在独立负责炸薯条店午间的营业，他开始比她更清楚需要进什么货，提前多久订货，要多少钱。她把所有数字都记在心里，只要一点抽屉里积累起来的现金，就知道赚了多少，而吉拉德开始记账，每天的进账写成整齐的七列竖行，每周的出账是工钱、进货和其他支出。他返校后还是继续做这件事。

"你缴过税吗？"他问。她对他说她缴过了，虽然她想都没想过要缴税。他皱起了眉。第二天他来找她，用他父亲的口吻说，他去问过了，她应该请个会计。他说，他打听到弗兰克·沃丁很适合。他能来帮她缴税。

"你去问谁了？"她问，"我希望你不要把我们的事告诉别人。"

"我只问了一些问题，就这样，我没告诉别人什么。"

"你问了谁？"

"可能了解这事的人。"

自从他开始处理现金业务，他很快注意到，当她每月给银行和信用合作社还款后，总是有一大笔钱不见了。那天他去找她，几乎是用指责的口气，她后悔不该让他管这么多事情。她别无选择，只得告诉他，他们住的房子是抵押出去的，虽然赚了钱，但负债仍很重。他问她要确切数字，她才意识到他完全不在意她吃了多少苦、付出多少努力，只是忙着计算。

会计的桌子对他而言太大，他在便条纸上写下所有的数字，默默思考着，像个老人一样地点头。

"有些事情很清楚，"他终于开口了，"应该重新贷款，这样利息能抵税，而且你得开一家有限公司，给你自己付工资。还有你要尽快把现金从屋子里搬出去。"

他一边说，一边写下要点。

"接下来几个月，我们要经常联络，比如一周一次吧，这样你所有的账务都能井井有条。从目前的账面上看，你的生意很赚钱。"

女儿们对酒品店和炸薯条店都没兴趣，吉拉德却兴趣浓厚，以致南希不得不禁止他学期中在炸薯条店里忙活，周六除外。但他在数字方面比她有头脑，每周的账册做得很精细，她让他准备给会计的数据，负责和银行打交道，而华莱士先生对此很高兴。

"你家的吉拉德，"一天他在广场遇到她，对她说，"在二十一岁之前就会成为百万富翁了。"

下一次会面，她问他要一本支票簿，他立刻答应了。

她主要的生意是在周末晚间。等到酒吧和舞厅关门，都到凌晨三四点了，他们等着吃鱼排、薯条和汉堡。她和两个雇来的姑娘一起努力干活，无论客人怎么喝得烂醉或是不耐烦，她始终礼貌友好。她喜欢从他们手里收钱，喜欢处理硬币和纸钞，收银机旁热火朝天，这种感觉她在超市里从未体会到。有些人吵吵嚷嚷，还有些人喝得太多，要么把鱼排和薯条扔在窗台上，要么在纪念广场呕吐。她拿走他们的钱，对他们微笑。

对垃圾和呕吐物的抱怨继续存在，她就特意在炸薯条店关门后，自己去纪念广场打扫，提着一个垃圾箱来来回回，然后再提一桶肥皂水和刷子来清扫呕吐物。虽然她是在凌晨三点静悄悄地做，广场上的人却都知道了，她听说有些人对自己说过的话感到抱歉。

慢慢地，广场上那些自己也开店的人就知道她做得多棒了。有些话也传开了，说她欠了多少贷款，她认为是内德·多利在帮忙。他们不再抱怨垃圾问题。一天内德·多利来了，说大家都佩服她为了吉拉德所做的努力。

某个星期六，她看着吉拉德在炸薯条店中干活、记账，觉得他以为，总有一天他会接管生意的，正如他父亲从他祖母手中接过来一样。她觉得这能解释为何他的圣诞节成绩报告上每个老师都在批评他。他以为已经不需要好好听课了。

她后悔没在一开始就把她的计划告诉吉拉德，没告诉他自己每次在炸薯条店里敲打收银机，或是把酒品店一天的营业额存入银行时，想的都是什么。她这一生都在抛头露面，早在她母亲的小店里，大家就都肆无忌惮地看她，或者对她视而不见。现在她梦想着都柏林，悠长的道路两旁栽种着树木，一栋栋房屋隐约其间。在勾兹镇、斯蒂尔罗根和布特斯镇，那里的人住在独栋的房子里，没有人走出家门时会用熟悉和好奇参半的方式与他们打招呼。没有人知道他们的一切，没有人会随意地在半路拦下他们聊天。他们只是住在房子里的普通人。这才是她想要的，这才是她工作的原因，是要和他们一样。偿清债务，存下足够的钱，变卖家产，然后就去没人认识她的都柏林，她和吉拉德还有女儿们也将会只是住在房子里的人。她梦想着未来的生活是没人站在她面前，手里攥着钱要她去招待。

圣诞节后，她带女儿们去了都柏林，趁着大减价，从斯威策店到布朗·托马斯店逛了一天。她发现她们都长高了，什么东西都要买大一号的了。她因这突然间的变化而吃惊，仿佛这是在来都柏林的途中发生的。她们穿着新衣服从更衣室里出来，她赞扬了一番，让她们转过身，看衣服的价钱和折扣，这时她意识到六个月来没仔细看过她的女儿，心想回到家是否也会发现吉拉德也不知不觉地长大了呢。

吉拉德仍然执意不肯读书，虽然她给他下了宵禁令，不让他晚上出现在炸薯条店里。他没长高，却有了自己的步态，一种斜着肩膀、透着自信的步伐，他双手兜在口袋里时表现得最明显。他开始用近乎放肆和相当亲密的语气与人聊天，包括比他年长两倍的人。她看着他想成为镇上大人物的样子，心里满怀温柔。

孩子们一点钟回家时，她让雇来的姑娘在炸薯条店里干活，尽量为他们做好正常午餐，等到孩子们回校后再去店里。问题是三点钟后做什么。她不需要去酒品店，因为凯瑟琳慢慢地熟悉一些酒了，她经常在闻酒味，在杯底摇晃一点儿酒。凯瑟琳与供货商一起在宾馆组织了一次品酒课，非常受欢迎。她和南希只谈新到的各种法国酒，或者说她认为"蓝仙姑"①不好的地方。南希开始觉得她烦，但随着营业额上升，她也给她加了工钱。

于是她下午就睡觉了。她觉得自己睡得和死人一样沉，连梦都不做。她听到孩子们放学回来，就对自己说再睡半小时，但不能更多了。即使在春天，她也发现自己能睡到六点钟，还觉得很难摆脱那种格外愉快的沉睡感，这是她在那无知无觉的几个小时中品尝到的。她讨厌在八点钟再开炸薯条店，到了周末更是忍无可忍。但为了赚钱，她坚持着。

会计弗兰克·沃丁注意到酒品店利润增加，炸薯条店收入稳定，继续对她提出建议，说她的债务在两年内就能还清，或者，因为这两家店都很能赚钱，所以无论是把它们卖了或租借出去，也都足够还贷。她问他到底值多少钱，

---

① 蓝仙姑，德国知名葡萄酒品牌。

他迟疑了一下说没法给出具体数目,她又逼问了一回,他说了个大体的估计额。她发现,只要卖了店面,她不用再多干一天活,就能还清银行和信用合作社的钱,再在都柏林买一栋房子。

到了第二年暑假快结束时,吉拉德和弗兰克·沃丁做出了一个更精细的会计系统,既能避税,又能更有效地处理现金。这个暑假凯瑟琳不在的时候吉拉德都是在酒品店度过的,薯条店里的营业员姑娘放假时他就在薯条店里。他返校时,南希建议他可以专攻会计学。他耸耸肩说已经对会计懂得够多了。

她觉得奇怪,这些日子里几乎没人提到乔治。就在一年多前,她知道每个看到她的人都在可怜她,有时候还避着她,以免再同情她一次,或者走过街来和她握手,饶有意味地问她过得好不好。如今她是一个有炸薯条店、酒品店和新车华服的女人了。她的两个女儿想要什么就能有什么,她儿子虽然只有十六岁,也已经开始穿西装了。

虽然钱多,但满屋子油烟味,直钻卧室,毫无法子。她什么都试过了,安装新的电扇,在楼梯底部装了门,重新粉刷了整个房子。她向仍然关心她的伯兹艾抱怨此事时,他说这只是小小的代价。但当女儿们在上学前开始闻她们的衣服,只能穿刚洗好熨干的衣服去和朋友们玩时,这就成了大问题。

让她警觉此事的是吉拉德。吉拉德几乎是怀着骄傲之情对她说，妹妹们被她们的女同学和他的男同学叫成炸薯条妞。她问她们这事，她们红着脸不做声，责怪吉拉德说了出来。她们说自己很难闻到身上有油烟味，但别人都能闻到。南希问她们是否介意，她们耸耸肩。她觉得她们显然受了羞辱。

她在心里已经卖了两家店和上面的房子，付清了贷款，在布特斯镇买了房子，那里没人认识他们，不再有油烟味。她想，她会有个种着玫瑰花和薰衣草的花园。她现在做的就是攒钱。每赚一个子儿，就存进银行，这会让他们维持一两年甚至更久的生活，直到她找到工作。

十一月一天上午过半，南希正在和供货商打电话，吉拉德回家了。他穿着一身西装，比实际年龄看起来成熟很多。他放下书包。

"我再也用不着书包了。我叫穆尼他妈的滚蛋，他们叫来了德莱尼神父，我也叫他他妈的滚蛋，我叫他们都滚蛋。估计他们会来找你，但我不会回去的，一切到此为止。"

她看到他快哭了。

"吉拉德，你要回学校的，"她说，"我不想在家里听到粗话。"

"好哦，那难道不是我们每天晚上都听到的话吗？"

"是的，开店是为了有钱让你去受教育，但我不想有人在家里说粗话。"

"教育！"他说。

"嗯，如果你想去上寄宿学校，也没问题，但你一定要上学。"

"我不干，我不上学了。"

他突然之间勇敢起来。

"好吧，你不必觉得你是在这里工作的，这是我做的生意，我没请你。"

"你没我干不成。"他说。

"等着瞧吧。"她说。

最后吉拉德向学校道歉，接下来几个月，日子稳中有变地过去，只是他的圣诞节成绩报告比往年更差了。

"你有他不是很幸运吗？"伯兹艾来访时说，"他会把生意做大的，这是家传啊。我还记得他的祖母是个真正做生意的女人。那样你就能放手不管，去度假什么的了。"

她想象着自己陷入困境，变成一个老妇人在店里忙忙碌碌，别人却不需要她。或者独守在乡村小平房里，柏油车道上停着小车，每天无所事事，吉拉德结婚了，被妻子怂恿着来对她说，如果他还要在那里干，就要把生意接过去。她觉得这股油烟味会跟着她进坟墓的。

整个镇子都是如此，生意一代代传下去，儿子们从上学那天起就完全明白他们将要继承什么。他们学会毫不紧张胆怯地站在柜台后面，每天早晨轻松自豪地打开店门。

快二十岁时,他们就步入了中年人的生活节奏。

她发觉吉拉德抛下了大多数学校里的朋友,而这似乎让他更开心了,几乎是满怀欣悦。他最喜欢的是在镇上遇到其他的店主,停下来和他们聊天,说笑,互相打趣,讨论新发展和时事新闻。她明白他如今展露出来的性格是脆弱而刻意的,但会逐渐巩固起来,多年之后,他会有自己的风格。

她观察着他。暮春的下午,她发觉自己正从卧室窗口全神看着他,他放下书包,走出店门,穿过广场,对每个人露出笑颜。他开朗友好,在这里很自在。她看到丹·吉福德从他的电器店里出来,她注意到吉拉德也发现他了,径直向他走去。这两人开始谈笑,她看到吉拉德双手插在兜里,挺直了腰,脸上一派自在安逸,带着些微开心的神情。

她穿起衣服,着手准备晚上的活,知道下一场战斗才是最难打的,但她对自己的决心毫不动摇。一两个月之后,她会把一个"出售"的牌子放在纪念广场她的店面和房子前。她想自己已经准备好过新生活了。

星期六,炸薯条店中诸事尚未开始忙碌之前,她对三个孩子说,她要变卖家产,他们要搬到都柏林去。她尽量不把这事说得太细,何时卖,何时去都柏林都没说,但她肯定地说他们都会上新学校,希望这点能让他们明白这事是真的。女儿们问了各种问题，她们将在哪里生活，要做什么。她很直接地回答她们，让她们相信她已胸有成竹。吉拉德的脸红了，但没说话。后来他来店里帮忙，表现得像是什么事也没有发生。

女儿们拿搬家开玩笑，之后几星期又问了很多问题。她们去打听学校，甚至写信去一所女子学校，收到了寄来的一本宣传册。吉拉德不提此事，如果当面有人说起这个话题，他就变得严肃沉默。南希发觉他对谁都没说，因为他无人可说，他和同学们都不再交好，与那些他时常见面的镇上的生意人也不够亲近。

她与弗兰克·沃丁见了几次，让他负责找合适的拍卖商来评估房产。她庆幸人来时吉拉德正在上学，但她也知道，如果拍卖商丈量房屋时，她能面对吉拉德或许更好。当天晚上吃饭时，她发现自己没法告诉他们拍卖商来过了。她想这对吉拉德是一种折磨，他仍然装得好像从镇上搬到都柏林这事并不存在。

数周后的星期六，他一进门她就看出来，有人告诉他她已决意卖掉商铺。他似乎要哭了，几乎什么都不吃。他的神气全没了，早早地离开餐桌。她独自在厨房，女儿们去了卧室后，他来到门口，在房间里转悠。

"我今晚没法在店里干活了。"他低声说。

"没事，吉拉德，"她转身对他笑道，"两个姑娘和我都在，人手足够。"

自从他开始干活后,晚上从未离开。

"他们都在谈论我们卖房的事。"他说。

"是吗?"

"我以为你是开玩笑,说着卖房只是为了让我们更用功读书,特别是我,"他说,"让我觉得这生意不会在这里等着我来接手,我没想到你是认真的。"

"谁在说我们卖房?"她问。

"我碰到了一堆刚从酒吧出来的人,'你老妈在卖房呢,'其中一个叫丰森·诺兰的家伙一直大着嗓门说,'现在开始你要花钱买炸薯条啦。'"

"别理他。"她说。

"我们为什么要去都柏林?为什么要搬家?"他问。

"我觉得那里更适合生活,你在那里不会有一群白痴这样跟你说话,"她说,"对我们来说,那里机会也更多。"

"对我不是的,"他说,"那里对我来说什么都没有。我以为你开玩笑的。"

"你不会的,"她说,"这只是你说说罢了。"

"我们去那里做什么?"他问。

"你要拿到优秀的毕业成绩,你妹妹们也是,你们三个都要上大学,而我要找到一份工作。"

"我一点儿也不想上大学。"他说。

"对你来说是极好的机会。"她说。

"你没听见我说吗?"他问,"我半点儿也不想上大学,我讨厌读书，那怎么办？"

"那就再说吧。"她说。

"没什么好说的。"他说。

"你不能一辈子在这里干活，"她说，"这不是你这个年纪干的，你得去其他地方，看看这个世界。"

"然后回来后一无所有？"

"等你长大了，你会为此感激的。"她说。

"好吧，我现在就告诉你，我永远不会感激，我现在就能对你保证这一点。我在哪里都没归属感，什么地方都没有，什么东西都没有，我要为此而感激？这真不错啊，好！"

他的眼泪在打转。

"不管怎样，"他继续说，"这不是你的东西，说卖就卖，这是留给我们的。"

"哦，全是在我名下。"她说。

"我父亲……"他开口道。

"别说这个，"她说，"别说这个，吉拉德。"

"如果爸爸知道你在干什么。"

"我说了，别说了。"

"上帝啊，他正看着我们！"他说。

"我要去工作了。"她说。

"上帝啊，如果爸爸现在看到你这样！"他说。

她从他身边走过，看到炸薯条店里的两个姑娘已经到了，今晚第一锅油已经烧热。她对她们说自己一会儿回来，然后走到广场上。

起初她不知道要去哪里。大部分店正在关门，路上堵得厉害。她发现自己从一家家店的橱窗前经过，先是张望里面卖的什么，以此让自己分神，后来则更注意自己在橱窗里的影子，随着橱窗或明或暗，影子每次都不同。她好像陌生人一样瞧着自己，那人也瞧着自己，神情既不同情也不高兴，倒是有点敌意。这种表情让她平静下来，但还是继续走过一家家橱窗，服装店、肉店、报刊店，所有这些熟悉的地方，她的脸也变得熟悉，一切都柔和起来，在一个个倒影中放松下来。她想着要绕镇子走一圈，就好像再也不会有这机会了。下周一她会竖起店铺出售的牌子。她觉得自己没事了。她现在可以回家，开始晚上的工作。她想着这会是个忙碌的夜晚，到了深夜尤甚。她要全神以待。

著名的蓝雨衣

丽萨发现，车库角落里的一个装老唱片的箱子被挪到一边去了，在水泥地上留下一个浅色的方块印。她问泰德有没有动过唱片，他耸耸肩说都忘了箱子放在哪里。

"反正那些没用了，"他说，"放音机上的针都钝了，而且也没法再换了。"

"没关系。"她说。

卢克放学回家时，她想过要问他是否知道箱子的事，但如果他发觉自己被批评或指责，有时会很难说话，于是她没提。她把箱子放了回去，好几天都在暗房里忙着洗老底片，这些要用在空房间里为她装备的新扫描仪上。很快，她想这液体和这种老式流程就要废弃了，这个黑暗而让人专注的空间将不再是她的领地，她要生活在光明中了。她希望尽量延迟这个日子。

她如今为雇主联合会工作，他们需要在记者招待会和典礼上拍照，不过她最出名的工作经历是在民谣繁荣时期，以及都柏林摇滚的早期，她给戈尔多夫[①]拍的狂野年轻歌

[①] 鲍勃·戈尔多夫（1951—　），爱尔兰著名歌手，摇滚乐队"新城之鼠"的主唱，热衷于政治和慈善活动。

星的形象，给波诺①拍的青涩英俊少年形象，至今仍然频繁出现在全球的杂志上。

过了几天，她发觉有些唱片被人从箱子里拿出来放在旁边。这时泰德告诉她，卢克和一个朋友开始刻录CD，所以可能是他们拿走了一些老唱片，用在他们的项目上。她笑着想到家里举头并进的潮流，录音上了CD，底片上了磁盘。这想法会吓坏卢克，因为他没在任何人的鼓励下做事，也没效法任何人的榜样，尤其没有效法他母亲。他母亲已经五十多岁，她觉得在他眼中已是个老太婆了。她后来想到录音，便去了车库检查老箱子，翻检被卢克放在一旁的唱片，想了想他为何只拿走了少数几张，而没动那些经典唱片。但当她意识到箱子里少的是哪些，他从一堆里拿开的是哪些，他一定在找什么时，她打了个寒战，站起身离开了。

卢克去睡觉后，丽萨告诉泰德她从他房间里找到了三张专辑，是他从箱子里拿的，第一张封面上的照片是丽萨和她姐姐，另两张上是整个四人乐队。当年她与乐队巡游演唱并灌制三张专辑的经历，绝少在他们之间提起，就连她自己也近乎以为她在那段时间只拍过照。她知道即使在都柏林也不难成为另一个人，搬到郊区，不见她在当歌手

---

① 波诺（1960— ），爱尔兰著名乐队U2的主唱，曾因慈善和人道主义活动获诺贝尔和平奖提名。

时认识的人，除了排队等公交，在机场、家长教师见面会上，那种场合很容易挥手微笑，装作光阴荏苒，旧日的亲密友好关系已经意义不再。

泰德以宽容和温和看待这个世界。他不喜欢麻烦，正如人们也许不喜欢臭味和剧痛一样。她知道如果对他说，只要可以，她不想听到自己和姐姐的歌声，不想再听到这支乐队，他就会笑着点头。那样他们就得想个法子对卢克解释，他能从唱片箱里刻制任何歌曲，只除了他母亲参加过的那支乐队的歌。

"你对他解释的时候，"泰德说，"也许也要向我解释一下。"

"你完全明白的。"她说。

"我们不能只对他说把唱片放回去就行了。"他说。

星期六上午，卢克来找她要钱，她翻了好一阵包，又翻钱夹。她想过要比平时给的更多些，让他在听她说话时不会沮丧，但她意识到那样不对。她问他是否已听过专辑。

"太让人赞叹了，"他说，"我能把它们刻到两张CD上。"

他说话时表情明亮而纯真。

"伊安·列德蒙的爸爸有其中一张，我听过很多次了，不过还没听过其他的。"

"你从来没跟我说起这事。"她说。

"爸爸说你对那些唱片感到尴尬，但没道理啊，虽然第一张上的音质是不怎么样，但你知道你唱得不差。"

"你这么说真好。"

"我是说真的。你虽然不是詹妮斯·乔普林①什么的，但很有新意，我是说就当时而言。"

"谢谢，卢克。"

"我不知道你为什么不唱了。"他说。

"因为有了你，卢克。"她说。

"不，不，"他说，"我查过日期，你在有我之前好久就不唱了。"

她面对他，注视他的目光，他说话时目光更阳刚而自信。她给了他一张二十元纸币。

"谢谢，"他说，"下个周末伊安爸爸会让我用刻录机，那时我就能录好 CD 了。"

"我不想听这些曲子，卢克。"

"你没那么糟糕，我保证，你应该听听伊安爸爸演奏的那些东西，比如爱尔兰漂泊者②，还有沃尔夫·托恩斯乐队③。"

他冲她一笑，拿起外套出去了，关门时大喊了一声

---

① 詹妮斯·乔普林（1943—1970），美国著名摇滚女星。
② 爱尔兰漂泊者，一支唱古老爱尔兰和苏格兰民谣的加拿大乐队，1964 年成立于多伦多。
③ 沃尔夫·托恩斯乐队，爱尔兰著名民谣乐队，成立于 1963 年。

再见。

她想,乐队有过好时光,但没留下录音。也许有照片,能看出他们是多么年轻快乐,能唤起当年一些观众的回忆。他们登上英格兰歌坛的那年,一位评论者说,这支乐队比五角乐队①略胜一筹,和钢眼视线乐队②平分秋色,未来将超越贸易港口大会乐队③。这成了他们挂在嘴边的话,让他们笑个不停。后来他们评价餐饮、乐团管理人、英国镇子都使用类似的词句。他们给这些乐队都伴奏过,丽萨满怀深情地想起当年,那时一个乐团管理人还成了她男友。渐渐地,他们成了各个演唱会名单的榜首,如果他们在第一次巡回季末灌制唱片,那一定是最棒的,会让他们更为出名。如果有人在一九七三年春夏季录制了他们的现场演出,她想,那唱片是不会让任何人尴尬的。

她们一开始在都柏林以姐妹合唱的方式演出,朱莉的声音低沉,蕴情深厚,丽萨的声音更薄而尖锐,总是靠姐姐的引领,但她的音域更宽广且富有变化,音乐天赋更好。奇怪的是她们很不一样,朱莉不合群,讨厌调情和随便的交往,她变得擅长在其他人晚上兴奋不已产生欲望时躲进

---

① 五角乐队,成立于 1967 年,1973 年解散,是英国一支爵士民谣乐队。
② 钢眼视线乐队,成立于 1970 年的英国民谣乐队。
③ 贸易港口大会乐队,第一支典型的英国民谣摇滚乐队,二十世纪六十年代英国最出色的民谣摇滚乐队。

自己房间。

朱莉对钱看得很重。后来乐队成立时,她负责制订巡回演出计划,计算开销,她雄心勃勃,对钱斤斤计较。丽萨只比她小两岁,万事漫不经心。痛经和每月的紧张时期让朱莉陷入抑郁,烦躁恼怒,甚至会音色突变,但丽萨从不受这些影响。

朱莉开始寻找两个男歌手,她拖着妹妹去有音乐演奏的俱乐部和酒吧,观察年轻乐手的样子就像相马专家在看一匹赛马。朱莉不知道自己在找什么,但解释说不是迷人的那种,男孩不能漂亮,不能穿白色翻领衣,不能有一股葡萄酒味,又补充说,还不能面带笑容。

"他们就是有臭味我也不在乎,"她说,"我们不在乎。"

菲尔就是这样的,他是乐队的第一个新成员。出身于音乐家家庭,二十一岁,年纪轻轻似乎就知道无数的歌和改编歌曲。他嗓音一般,但吉他弹得灵巧且有创意。她们发现他有一套改编歌曲、转换节奏、变动和弦的法子,能像编曲者那样配合她们的歌声,而且对录音系统的熟悉程度比她们遇见的其他人都厉害。但让朱莉下决心的是他的鞋子。显然他这双鞋穿了好几年,还没有其他的鞋,但他似乎懒得去擦一下。

沙内是第二个新成员,他一来乐队就完整了,他就不一样。他是北方人,朱莉觉得他的口音让人反感。他说自己讨厌民乐,喜欢爵士和蓝调,去民乐酒吧街只是因为喜欢喝酒。他唱高音，能唱爱尔兰语，演奏曼陀铃和布祖基琴，虽然他声称瞧不起这两种乐器。尽管他需要这份工作，但一点儿也不想取悦两姐妹，这对朱莉来说似乎正合心意。她坚持说是他油腻的头发和寒酸的衣着让她下了决心。他们第一次排练，沙内对其他三位说，他来乐队就是为了不让他们唱得像"彼得、保罗和玛丽"[1]。

他们开始在摩勒斯沃兹街楼上的房间工作。两名新成员彼此喜欢，但他们只聊音乐，试练前奏，选择歌曲，确定节拍速度，仿佛朱莉和丽萨不在场似的，然后他们会为姐妹俩调配好一切，最终一切都为了彰显她们的嗓音。下班后他们四个会去柯欧或林肯酒吧喝酒，但从不待很久。小伙子们总有别处要去。最初几个月，他们为首次音乐会和录音做准备，并没成为朋友。

朱莉和丽萨凭着本能练习，不断犯错，终于配合起来。虽然她们都上过钢琴课，学过基本乐理，但在演唱中都没用上。现在她们看着两个新伙伴排着一系列歌曲，说什么都使用术语。沙内仍然说他鄙视提姆·哈丁、托姆·帕克斯顿、琼尼·米歇尔和莱昂纳德·科恩的歌，但后来大家发现他对他们的作品非常熟悉，有时他会挑选科恩较为哀伤的调子，或琼尼·米歇尔比较轻浮的歌，用曼陀铃伴奏，把那些歌最糟糕的部分夸张出来。

---

[1] "彼得、保罗和玛丽"，美国二十世纪六十年代著名民谣组合。

他原来还懂古典音乐。

"是英国佬，"他说话的口音比平时更北方化，"我们知道的东西都是他们教的，你们这些爱尔兰人，没什么不知道的。"

他们看到他在用曼陀铃漫不经心地弹一段曲子，缓慢，忧伤，接着加快了节奏。这段旋律他们没听出来。他们停下来看他弓腰坐在椅上，意识到他正在演奏，他突然地加入变奏，但不时重复那段他们开始听到的缓慢缠绕的旋律。

"是一首小调而已。"他说着放下了曼陀铃。

"我们知道，"朱莉说，"但是什么曲子呢？"

"是我偶然听来的一首歌。"

"有歌词吗？"

他抬头看她，表情肃然。

"你要我唱？"

"我们花钱请你来就是为了这个。"朱莉说。

丽萨和菲尔往后退，沙内开始拨弦，这回更不确定，似乎在尝试用很多调性和各种方法来演奏这段曲子。他唱了起来，丽萨发觉这是一首古典曲子。

到了第二段，他撇开古典模式，不再像是圣坛上的男孩。他开始重复着这段旋律，用美国口音唱歌，调子缓慢，阴郁，像是蓝调歌手。有几次曼陀铃跟不上歌唱，他停下演奏，有几次又过了头，就停下唱歌，在乐器上找回旋律。

"能把曼陀铃给我吗？"菲尔问，"你试试在吉他上弹。"

沙内点头，递给他曼陀铃，走到房间那头拿了吉他开始调弦。他准备好时，菲尔已经弹奏出准确的曲调了，同时添加了爱尔兰的味道，丽萨不知道他是如何做到的。他们开始合奏，找到一个基调，不时地看看对方，努力寻找节拍。沙内似乎挺在意歌词，又唱了起来，这次唱得简单多了。

"谁写的歌？"他们演奏结束时朱莉问。

"亨德尔。"沙内说。

"亨德尔《弥赛亚》里面的？"朱莉问。

"是的。"

"他已经死了，亲戚也都死了，"菲尔说，"所以他不会介意我们拿他的曲子来玩的。"

这就是他们在《深夜秀》节目[①]中演唱的歌，也成了他们的招牌歌曲。第一张专辑，他们加入了几首爱尔兰歌曲的新版本和现代歌曲的爱尔兰版本，还包括了一首《麦当娜夫人》[②]四部和声的演唱。第二张专辑，他们与一家英国小唱片公司签约。这次的曲子是全新的，但更接近英国风格而不是爱尔兰，在爱尔兰这些歌曲显得过于杂糅，不够得体，又太过新式，流行不起来。于是他们在英国酒吧里演奏，只要有人邀请就去，在高速公路上旅行，住廉价

[①] 《深夜秀》，爱尔兰广播电视台的著名现场谈话节目。
[②] 《麦当娜夫人》，1968年披头士乐队的一首歌曲。

旅馆。六个月后，朱莉同意他们可以平分收入，未来的事情四人一起做决定，至少理论上如此。实际上，任何事都是朱莉和菲尔拿主意。

大多数时间他们用一个麦克风唱。他们站在舞台上时非常团结，即使在排练时也一样，为的是让演奏呈现每一分生命力。他们每个人都专心致志，全神倾听，积极回应。他们通常是由朱莉的调绪引领，因为朱莉的声音是最强的，大家往往也是为此而来。丽萨从不介意别人不怎么注意她。他们为她找到一首独唱曲时，她倒是为站在聚光灯下而不安，每次唱完她就松了一口气。

菲尔比沙内更安定，他们从未见他发过脾气，情绪从不变化。有一个女友经常来，是他家乡附近的人。他从不提起她，但即便是在音乐会之后很分神的忙碌的几小时里也对她关怀备至。至于沙内呢，在丽萨看来，他爱上又分手的那些姑娘，不是已经有男友，就是结婚的或没法与之谈对象的。有一两位喜欢后台和聚会，却发现和沙内独处并不带劲。沙内的恋爱波线就和朱莉的经期一样，他们在麦克风前光彩四溢，但突然间就扔给其他歌手来救场，要么就变出精彩的连复段，在低音上玩花样，其他人只得跟上。

他们第二张更成熟的唱片发行后，小小的成功也在招手。他们几乎就是出名了，尤其是他们的爱尔兰歌曲，丽萨记得英国听众喜欢这些。他们被叫做当代乐队而不是民歌乐队。甚至约翰·皮尔①都赞扬他们,一连几个星期六播放了他们专辑里的歌曲。阿兰·普里斯②在他的演出中弹了一首专辑的单曲。他们受到了追捧,当时一直有可能成为明星。只要有合适的歌,好的运气,最好还有个经理人,但是丽萨一直知道,朱莉是不能和经理人合作的。

差点让他们成为明星的那首歌,沙内是最讨厌的。那是莱昂纳德·科恩的《著名的蓝雨衣》。丽萨记得,当时没人注意这首歌,也没人翻唱录制唱片。虽然沙内憎恨做作的感伤——这是他对这首歌的评价,菲尔和沙内还是把曲调部分独立出来。他们发现如果在某些部分留白,不加装饰,而另一些地方配上人声、回音、乐器与和声,这首歌将会十分动人。这次他们有了一个很好的录音工作室,还有一位喜欢他们作品的录音师。

第一天朱莉问他们,她是否能独唱这首歌,不加响亮的乐曲和伴奏,让他们录下她的第一次试唱,丽萨为此感到惊讶。菲尔和沙内不耐烦,他们已经设计好哪里该奔放,哪里该收敛,正忙于将整首歌勾勒出来,不想朱莉在他们还没准备好时来唱。但她仍想立刻就唱。

丽萨直到那天上午,才第一次在旁观察她姐姐。但朱莉一开始唱,就吸引了大家全部注意力。她不管旋律,把

---

① 约翰·皮尔(1939—2004),英国著名电台主持人。
② 阿兰·普里斯(1942—),英国音乐家。

力气放在歌词上，用她最沙哑的歌喉，就是一个女人整晚熬夜、吸烟喝酒后的声音。丽萨喜欢她唱歌的方式，希望姐姐能让她在某句歌词上用轻和声进入伴唱。但她看到沙内因为这样情感直露的唱法而生气了。歌唱完后，菲尔走过工作室，站在朱莉面前鞠躬。丽萨觉得这是朱莉唱过的最好的歌，那天上午录音了，接下来几天还回放了好多次，但从未公开发行。丽萨想，经过三十多年，这首歌是否还躺在某个积尘的文件柜里，那儿都是被长久遗忘的歌手的试唱和未录卷筒。但她又觉得随着新科技的到来已经没人听唱片了，加上乐队小小的名声不复再闻，这首歌大概已经被扔掉了。

菲尔和沙内决定，这首歌只让朱莉和丽萨唱。他们录制了许多次，朱莉开唱，使用回声效果，音轨合成。于是有时她独唱，没有伴奏，有时妹妹合唱，大提琴、萨克斯风和曼陀铃伴奏。他们让丽萨整首歌都跟着朱莉唱，但在同一个定调上，用另一个麦克风。丽萨觉得几乎不可能不让自己的声音融合进去，像是一叶小舟，只能让朱莉引导着她。当她唱完，他们告诉她，他们其实只录了她的音，其中一段他们将两位歌手的声音分开切换。她听磁带时，诧异地发现自己的声音和姐姐的非常接近，某些部分同样深沉有力。

他们制作的这首歌长达七分钟，比一般的单曲长一倍。因为他们已经赢得了唱片公司的信任，又因为山迪·丹尼[1]有了一群追随者，贸易港口大会乐队的《如果你要走》掀起一股热潮，于是这首歌被同意发行，唱片反面放一首他们四人演唱的爱尔兰歌曲。没人指望它在电台上得到热播，本来他们只是希望与马丁·卡西[2]一起进行一次新的巡回演出，来增加专辑的销售量。

丽萨记得，他们在英国北方某地时得知，约翰·皮尔对他们新录制的这首歌有所评论。他把他们介绍为先锋乐队，说他们勇敢地发行了一首七分钟的单曲，发出了新声。他把他们说得好像新式反文化歌手。第二周，《著名的蓝雨衣》在卢森堡电台午夜播出。又过了一周，他们的单曲在"前五十强"外盘桓。它开始在第一台上播出，虽然三分钟后就淡出了。

当他们的单曲出现在"前三十强"中，一天晚上，一家小型独立录音公司的两个人和一个美国记者出现在他们爆满的格拉斯哥演唱会，过后又去了后台。在巡回演出的后半段，沙内多次模仿他们提出立即签署合同的样子，还说能与滚石乐队一起领衔演出。

"你们想在卡内基音乐厅演出？我们给你卡内基音乐厅。你们要和杰奎琳·肯尼迪一起出唱片？我们让她飞

---

[1] 山迪·丹尼（1947—1978），英国歌手，作词家，被誉为最重要的英国民歌摇滚歌手，曾是贸易港口大会乐队的一员。
[2] 马丁·卡西（1941— ），英国民歌歌手，吉他手，是英国传统音乐史上的重要人物。

过来。你们想比耶稣更出名？你们想见彼得、保罗和玛丽吗？"

没人能让他停下来。

丽萨觉得，他们去后台不是为了签合同，谈生意，而是寻花问柳。至少其中一个是这样，他们喝了几杯后，那人跟她建议说他们该去哪里。她对他说，菲尔是她男友。他问朱莉是否和沙内是一对，她冲他大笑说她觉得不是。

他们没再见过这两个经理人。而那位容易紧张、话多、对业务知之甚详的记者，他们一回到伦敦，他就出现了。他想要参加他们的一段录制，为他们写篇长文，说能卖给美国的一家杂志。他名叫马特·霍尔。他毫无幽默感，一旦自觉遭受嘲讽或忽视，就很能流露忿恨。因为沙内一半时间是在嘲讽他，其他人也尽可能地忽视他，他有很多机会来表达感受，脸色苍白，眉头紧锁，虎背熊腰看似气势汹汹。他会独自站着沉思，目光凝结在地上的某点。

《著名的蓝雨衣》没能进入前二十强，也不再在电台播出后的数周，他们以为马特会消失，但他没有。丽萨觉得他是在等着被沙内嗤之以鼻，大多数时间怀着压抑的沉默和他们待在一起。渐渐地，马特不提写杂志文章的事了。丽萨觉得，他的在场让大家都不舒服，但他一副脆弱的样子，他们也不敢叫他走。

丽萨记得，他们当时在都柏林的欢乐酒吧有一场演出，那是为某事募集资金，有六七个乐队登台。她带了相机，拍了普兰克斯蒂乐队[①]后，站在侧厅望着特瑞娜与麦瑞德·尼·多尼尔[②]。当她朝后走想要找个座位时，注意到她身后的一个人，那人在演员休息室门口的另一侧，那里垂着厚重的帘子。有一会儿那人走进光亮处，她发现是朱莉，她本以为她在吧台一侧。朱莉朝某人笑了一下，那笑容丽萨从未见过，羞涩，自然，清纯。接着朱莉回到暗处，与那个和她在一起的人拥抱。丽萨知道自己站在暗处，不会被看到。她看着朱莉，觉得她的笑容透着感谢的意味，几乎是那种朱莉最讨厌的其他女人露出的傻笑。

丽萨明白，与朱莉在一起的人赢得了她的感情，这个念头带来的不仅是震惊意外，还有一种尖锐的痛苦嫉妒。猛然间掌声四起，朱莉和马特·霍尔走到后台灯光暗淡处，他们都能被看见了。

他们回到伦敦着手做新专辑，马特·霍尔从不缺席，丽萨发现，菲尔知道马特和朱莉的事已经有段时间了。他把马特的在场看成理所当然，马特插话时他就听，马特提出建议他就点头。似乎没人告诉沙内。他带着一单子他们要录音的歌来到工作室，和这个美国人搭腔时一脸怠慢。这些歌曲里有好几首他所说的快节奏，丽萨觉得，那主要

[①] 普兰克斯蒂，爱尔兰民谣乐团，成立于1972年。
[②] 特瑞娜与麦瑞德·尼·多尼尔，爱尔兰传统歌手，是一对姐妹。

是三分钟的流行歌曲，大概适合朱莉的歌喉。丽萨很清楚，朱莉提出他们应该引进几位临时乐队成员，包括鼓手，这个主意肯定是马特出的。

一天早晨，马特和朱莉带着两首新歌来到工作室。马特说，是一位积极有为的美国歌曲写手创作的，此人听过乐队最近一张专辑，很喜欢，准备把这两首歌的独家使用权都给他们。他将歌词和曲子的纸页分发给大家。朱莉哼起歌词，丽萨发觉她已经背了下来。丽萨觉得曲调平庸，缺乏独创性。朱莉唱完后，沙内站起来。

"歌词太蠢了，"他说，"我觉得你那朋友，那个美国歌曲写手，有点白痴。马特，你怎么想？"

"我觉得如果我们把它调整好，听起来会不一样。"马特说着脸色已经发白了。

"好吧，那你就自己去调整吧。"沙内说。

"我们就做这一步。"马特说。

"给它一个机会吧，"朱莉说，"我们需要在专辑上放几首当代歌曲。"

丽萨注意到菲尔安静地坐着，看着朱莉。后来他告诉丽萨，他当时就知道乐队会解散。他没有干涉，正是他的沉默，加上她姐姐和马特的决心，这首歌上了专辑，加了鼓声和弱拍处理，朱莉唱得像是美国摇滚歌手，丽萨用假声伴唱。她觉得卢克也会录制那一首，他若是觉得这首会让她尴尬那就对了。如果他去看唱片套上的介绍，就会发现是由马特·霍尔作曲。在核查这些歌的版权时，马特才告诉他们说，那位欣赏乐队、希望由乐队首先来录制他的歌的年轻天才写手，正是他自己。

沙内因马特对乐队施加的影响力越来越大而渐渐恼怒。在宣传专辑的巡回演出中，一天，丽萨和朱莉单独午餐。她们一定还在等其他人，因为丽萨记得她们吃饭的时间比平时长。她们有段时间没有如此久地独处了。朱莉最后问她，她为何从不说马特什么。

"我觉得你不喜欢他。"她说。

"好吧，喜欢他的是你，这才是关键，对不对？"丽萨说。

"嗨，我问的是你。"

"我不知道。"丽萨说。

"我是说真的，"朱莉说，"告诉我你怎么想的。"

"我觉得他把你放在一个笼子里。"丽萨一见姐姐变色，就后悔说这话了。

"我爱他。"

"我希望他不会给你带来麻烦。"丽萨说。

"如果他让我有麻烦，"朱莉瞪着她说，"你会是最后一个知道的。"

巡回演出继续着，众多评论、两场演唱会和新专辑之后，他们五人的关系仍未改善。而这些意味着转向商业化运作，这给了沙内更多的弹药来攻击马特与朱莉。巡演的最后一晚,舞台上灯光才暗下来,沙内就打包了自己的乐器,没对任何人说再见就走了。丽萨记得,她的文件里的某个地方,有张他当晚的照片,火气比平时更大。后来他再也没有与乐队合作。很快,菲尔宣布他要休假,去了纽约。丽萨去都柏林旅行时,从爱尔兰报纸上读到朱莉将要在美国开始她的独唱生涯的消息。

第二年在都柏林,她从父亲那里听到朱莉的消息。朱莉每个星期天给爸爸打电话,说些最新消息,特约演奏啊,飞机旅行啊,宾馆啊。有几次丽萨被人邀请去唱歌,她拒绝了。没有朱莉的声音,就没有意义。她更喜欢拍照。关于将要发生的事情,她唯一得到的预示是菲尔从纽约打来的电话。当时是都柏林时间上午九点。他喝醉了。他告诉丽萨,他遇到一个在旧金山某民歌酒吧见过朱莉的人。他说,她不太好,拄着拐杖,戴着太阳镜,脸上有淤青,当她发觉那里有人认识她,就飞快离开了。

菲尔说朱莉那天晚上不在演出名单上,不过马特在,用吉他伴奏唱了几首自作的曲子,还和乐队一起唱了几首。丽萨让菲尔帮她要一个朱莉的电话,最好还能要到马特的。他说如果能找到,就给她回电。她发现父亲也没有朱莉的号码,但每个星期天朱莉都来电话,他并不为她担心。一个星期天,丽萨去父亲家,在他之前接起了电话,发现朱莉既和气又保持距离,听不出有什么不好。丽萨心想,菲尔是否喝醉了,只听了些风言风语,他毕竟并没亲眼见过朱莉。父亲和朱莉通完电话就挂了,说她很开心,美国看来让她如鱼得水。

星期六,卢克告诉她,他把他们三张专辑刻录进两张 CD 上了。伊安和他听过了,他说,她说得没错,有几首歌,尤其是爱尔兰语唱的,很可怕。但他补充说另外几首很棒,应该重新发行。他还说打算做一张 CD,囊括乐队的精华。丽萨看着他自信满满的样子,自在地谈论着自己的音乐品位,说话间完全没注意到她。她心想他这份天真还能保持多少年,何时他才能学会去阅读蛛丝马迹,知道事情并不都那么简单。她现在没法对他说不想听那 CD,觉得不想听也得听了。

丽萨记得,卢克知道朱莉死了。奇怪的是,他怎能不问问自己,从而得知朱莉的辞世意味着她那记录在这些歌曲中的声音,承载了太多的悲伤,太多的遗憾,多年之后,已经无法随意去听了。

乐队解散两年半后,一天清早,两个警察来到她的公寓,告诉她朱莉被发现死在加州一家旅馆的房间里。她叫了辆出租车去父亲家,叫醒他说了这事。

"现在我完了,"他说,"完了。"

她问他要不要随她去指认遗体,他似乎很迷惘,以为马特应该会去做这件事。

"她死的时候身边没人，警察这么告诉我的。"丽萨说。

父亲说不想和她同去，还说他不在乎朱莉埋在哪里，葬礼又在哪里举行。他对此一点也不关心。

"我彻底完了。"他说。

她飞去伦敦，随即转往洛杉矶，然后坐小型飞机去加州的弗瑞斯诺，朱莉的遗体在停尸房里。她之前从未到过美国，她想，也许那十几个小时的飞行，昼夜的交替，加上陌生感，似乎柔化了她的所见所感，似乎色彩都化为空白，声音都变得模糊。她唯一知道的一家旅馆就是朱莉被找到的那家。她没想到要去别处住。这是一家城市边缘的新旅馆，她登记入住，躺在床上，才意识到这大概不是最好的停留之处。她想到去找经理，问他姐姐被找到的房间在哪儿，但暂时放弃了这个想法。她观察工作人员，想着哪个见过姐姐死了，哪个知道在她死亡当晚或白天，马特是不是与她在一起。

此后多年，她想为何她没去警察局，没要求见警察，也没去找爱尔兰领事，她仍在想停尸房里其中一个看着她签名的人是不是警察。她打了在都柏林拿到的电话号码，约好次日去停尸房。她还给了他们马特的名字，说如果他来联系，就告诉他她在哪里。这听起来似乎她在做一桩商务交易，而当时没人认识她，没人和她说话，她找不到酒吧、饭店和咖啡店来放松精神，这种种都增加了她的陌生感。她在一个鬼魂的国度。

她记得去见姐姐遗体之前，在弗瑞斯诺的夜间和上午显得异常漫长。那段两头不着的时间里无事可做，又没有职责在身，也没有睡觉的可能。她想叫出租车去市中心逛街，但一连串的被人误解之后，她才发现这里没有市中心，没有街道，只有长长的一排排的林荫住宅，走过去还是更多同样的住宅，仿佛是一个死亡的封闭的城市，房子就像小小的坟墓。她想给爱尔兰的朋友打电话，但每个电话都要通过接线员，那里的工作人员不习惯处理国际长途，大多数没法给她接通。他们开始带着敌意和怀疑，看着她潜伏在门厅里等出租车，看着她进进出出。

她在电影里见过美国人，这里与好莱坞只有很短的飞行距离，但一切都与银幕上看到的不同。单调，死寂，长久等待出租车，所有东西都透着疲乏，不是从任何一部好莱坞电影里来的。她只有一次见到了电影里的好处。她很想吃中国菜，便问了一个前台接待员，最近的中国餐馆是哪家。接待员似乎不知她什么意思。最后丽萨直接问出租车公司，四十五分钟后，公司派了一个司机来接她去附近的商场。

夜幕降临，去那里的路上，她看到美丽的墓园，墓石矮矮的，整齐划一，草地刚修剪过。她注意到斜阳西下，墓园笼罩在一片灿烂的鲜丽色彩中，而墓园之外的整个世界都是黑白。她买了食物，几乎什么都没吃，在回旅馆的路上，她让司机停一停，在坟墓间走了一走，看着外国名字和外国的出生地，感受着这个死者家园。他们安息在这片微明的空地上，这里有些温暖，有些近乎希望的东西，有一会儿，又让她想起跨进停尸间时的恐惧之情。

她每次回到旅馆都问是否有人打电话来，但都没有留言。她把号码给了父亲，以备马特会打电话去。但除了前台的不耐烦，什么都没有。她以为停尸间里的人知道朱莉死亡的情况，是否有人与她一起入住旅馆。她想着这些她能询问的问题，分散了注意力。

他们将朱莉的遗体推进了一间又冷又窄的小房间。她脸上没盖布，丽萨一眼就看到了她。朱莉面带微笑。这不是一种僵死或空洞的微笑，没有哪个化妆师能化出来。这是一种仅属于朱莉的笑容，她总是这样未语先笑，带着不耐，这是她即将打断别人说话时的笑容。惊奇的是她那冻僵和死亡的脸，能露出这样的笑容。一个推遗体进来的工作人员站在一旁等着，丽萨抚摸着姐姐的手和前额，对她说话，喃喃着她能说出的话，告诉她他们是多么爱她，又说了父亲说过的话。她想到要唱些什么，但一想就哭了起来。

在后来的半个小时，她如果知道该问些什么，该问谁就好了。她拿出自己的护照，签了表格。她记得屋里有三个人，但只有一个说话，不知其他两个是什么人。她从表格上看到朱莉是死于心脏病。她太过悲伤，于是被允许再看一次遗体，她别的也不要求了。他们约好她可以第二天再来。

她回到了她的墓园，当时阳光灿烂，她让莫名其妙的出租车司机等着她。她相信可以找到一个与这个公墓有关的办公室或者牧师，让姐姐的葬礼在此举行。但这里没有教堂，她唯一遇到的人告诉她，这是一个亚美尼亚人的墓地。丽萨找到了日期最近的墓碑，看了看旁边尚未使用的空地，想象着姐姐躺在泥土里，被阳光温暖着，周围这些陌生人既不是爱尔兰人也不是美国人。但那些日子里，尤其是一觉醒来之后，她既没有意志，也没有力气去办此事。

她第二次看到朱莉时，朱莉的脸变了。她的微笑陷了进去。她毫无生气了。

"她走了。"丽萨对一个向她友善点头的医护人员说。

"她走了。"她又说了一次。

她想，是不是前一天把遗体从冰柜里取出来，才导致姐姐脸上新出现的死气，还是朱莉一直在做某种神秘的等待，坚持着，直到妹妹到来。她活着的时候意志坚强，也许死后也是一样。但无论什么原因，如今她走了，什么都没留下。她又给父亲打了电话，确定他不想要朱莉的遗体运回都柏林。他确定地告诉她他不想。通过停尸间，她找到了一个葬礼主持，在弥撒之后，把姐姐埋葬在天主教墓园的一角，那是在镇子另一头的爱尔兰移民区那里。

之后数年，她一直从事摄影工作，遇到去过美国的音乐家就问，是否见过马特·霍尔，或者听说过他。菲尔来都柏林时探望她，见面时说马特失踪了，这真奇怪。美国很大，但音乐圈子很小。他一定去干其他工作了，菲尔说。奇怪的是，本来最不喜欢他们音乐的乐队成员沙内，在CD流行后想要专辑再版，但这时丽萨想要忘记过去，她拒绝了，沙内对此感到不解。

然而她不能拒绝卢克，因为他对自己做的事如此自豪。她没有抗议，也没说她不会去听。她带着一个大照相机，以便在需要时挡住自己的脸或者让自己分神。

卢克把CD放进播放机时充满成就感和骄傲。

"我把最好的那首放在第一个，"他说，"最后还有空间，所以我把它刻录了两遍。"

她知道这首是什么，当朱莉的声音在无伴奏无装饰下唱起《著名的蓝雨衣》的首段，丽萨看到了那天她死亡的脸，面容神采奕奕，随时准备发起一场辩论，享受自己可爱的权威。很快，回音效果加上去了，大提琴进入，丽萨自己的声音出现，她庆幸自己这么多年没听到这首歌。这张CD上的所有歌曲中，这是唯一一首似乎还活着的，其他都成了遗迹，但CD开头和结尾的这首歌曲，给了她一个暗示，如果她需要一个暗示的话，即她自己老去了，如同她放在楼上的底片,只有轮廓和阴影,也让她清晰地看到录制歌曲那些天里姐姐的脸。现在,这张 CD 走到尽头,她希望再也不用听了。

家中的神父

她望着天暗下来，快要下雨的样子。

"最近整天看不见阳光，"她说，"从来没见过这么黑暗的冬天。我讨厌下雨，也讨厌天冷，倒不在乎没天光。"

格林伍德神父叹了口气，朝窗子瞥了一眼。

"大多数人都讨厌冬天。"他说。

她想不出话来说，希望他现在就走。他没走，而是弯下腰提了提一只灰色的袜子，等了一会儿，然后看了看另一只，也提了上去。

"你最近见过弗兰克吗？"他问。

"圣诞节后见过一两次，"她说，"他有太多教区的事务，不常来看我，也许应该这样吧。如果是其他样子，如果见他母亲比见教民还多，那才不好呢。我知道他为我祈祷，要是我相信祈祷的话也会为他祈祷，但我不确定我是否相信。我们说过这个，你都知道的。"

"你这一辈子就是在祈祷，莫莉。"格林伍德神父说着露出温暖的笑容。

她不信地摇了摇头。

"以前老太太都是一辈子祈祷的。现在我们做头发，打桥牌，免费去都柏林旅游，想说什么就说什么。但是在弗兰克面前我说话可是当心的，他虔诚极了。这是从他父亲那里学来的。有这么个非常虔诚的神父儿子很不错。他是保守派。但我对你说话，可以想说什么就说什么。"

"虔诚的方式很多。"格林伍德神父说。

"在我的年代只有一种。"她说。

他走后，她翻开《RTE 导报》[①]看当晚的电视节目单。她调好录像机，开始录制《格兰柔》[②]，动作缓慢，专注。上午，读完《爱尔兰时报》，她搁起腿，看最近的一集。在出门去打桥牌之前的那段空闲时间，她坐在餐厅桌旁，翻阅报纸，浏览标题和图片，但什么都不读，也不想，让时间轻松过去。

她去厨房外的小房间拿外套时，才发现格林伍德神父的车子还在家门口。她张望一眼，看到他坐在驾驶位上。

她第一反应是他挡了她的车，要请他挪开。后来这个第一反应成了一种回避其他想法的奇怪而又天真的方式，她每每想起就会心微笑。

她胳膊上随便搭了件外套，出门了。他立刻打开车门。

"出了什么事？是不是哪个女儿？"她问。

[①] 《RTE 导报》，爱尔兰广播电视台（RTE）的节目导报。
[②] 《格兰柔》，爱尔兰广播电视台从 1983 年至 2001 年播放的电视连续剧。

"不是,"他说,"没,没什么事。"

他朝她走去,像是要回到屋里,目光相交的瞬间,她希望自己可以逃去晚间打牌的伙伴那里,如果必要的话,她希望很快从他身边走过,前往宾馆的桥牌俱乐部。她想,只要有法子阻止他说话就好了,无论他是来说什么的。

"哦,不是儿子们吧!哦,不要说儿子们出了事故而你不敢告诉我!"她说。

他肯定地摇头。

"不,莫莉,完全不是,没发生事故。"

他走到她身边,抓住她的手,仿佛她需要他的扶持。

"我知道你得去打桥牌。"他说。

她这时相信并没有什么紧急重要的状况,如果她还能去打桥牌,那么显然没人死了或伤了。

"我还有几分钟。"她说。

"那么我下次再来吧,我们再谈谈。"他说。

"你遇到什么麻烦了吗?"她问。

他看着她,仿佛这问题让他为难。

"没有。"他说。

她把外套放在门厅的椅子上。

"没有。"他又说了一遍,声音更小了。

"那么我们下次再谈吧。"她平静地说,尽量笑了一笑。她看到他犹豫起来,便愈发坚定要赶紧离开。她拿起外套,确定了一下钥匙在口袋里。

"如果这事能等，那么就等着吧。"她说。

他转过身，走出门厅，向自己的车子走去。

"你说得没错，"他说，"晚上好好玩，希望我没惊扰到你。"

她已经从他身边走开了，车钥匙拿在手上，紧紧地关上了前门。

次日，她吃完午饭，拿了雨伞和雨衣，步行去后街的图书馆。她知道那里会很安静，希望新来的姑娘米丽安会给她留出时间。她上次去图书馆学习怎么使用电脑时，米丽安告诉她已经有人用了 molly@hotmail.com[①]，所以她的第一个电子邮箱得在"Molly"这个词上再加点东西，让它更特别，独属于她，也许加个数字吧。

"我可以用 Molly80 吗？"她问。

"您八十岁了吗，奥尼尔夫人？"

"还没到，但也快了。"

"哦，您看起来不像。"

她的手指已经因为上了年纪而僵硬，但打字依然和二十岁时一般地准确快速。

"如果只是打字，我就没问题，"她对米丽安说，米丽安正把办公椅挪到电脑旁，坐在她身边，"但鼠标我就不行

---

① 即莫莉的电子邮箱。

了，我叫它做什么都不行，而我孙子叫它做什么都行。我讨厌点击。我那个时代简单多了。只要打字，没有点击。"

"噢，如果您收发电子邮件，就知道它有多管用了。"米丽安说。

"是啊，我跟孙子们说了，我一学会就给他们发一封电子邮件。我得想想该写什么。"

她听到声音，转过头，看到镇上的两个女人来图书馆还书，她们好奇不已地看着她。

"瞧你，莫莉，你好时髦呀。"其中一个说。

"得跟上时代嘛。"她说。

"你什么都不错过，莫莉，现在你可以从这上面看到所有新闻了。"

她对着电脑，开始练习登录她的 hotmail 账户，米丽安去处理那两位女人的事了。她听到她们在书架间浏览，彼此小声说话，但没再回过头去。

后来，她感到自己已经耗够了米丽安的耐心，就朝大教堂走去，穿过主街，来到爱尔兰街。她和街上遇到的人打招呼，叫他们的名字，这些人都认识一辈子了，还有她同代人的孩子，很多已人到中年，连他们的孩子也都与她相熟。没必要停下来和他们说话。她了解他们的一切，她想，大家也都了解她。等她在图书馆学电脑的消息传开后，会有一两个人问她进行得如何了，但这会儿大家只是友好轻快地和她打个招呼。

她的嫂嫂坐在家里的前厅里,壁炉烧着火。莫莉敲了敲窗子,然后等着简手忙脚乱地处理自动安全系统。

"可以推了!"她听到她的声音从对讲机里传出。

她推开不太灵活的门,然后关了门,走进简的起居室。

"每个星期一我都很期待,"简说,"一到星期一你就来了,见到你真好。"

"外面很冷,简,"她说,"但这里暖和舒服,感谢上帝。"

她想,如果她们其中一个去沏茶,气氛就会松弛一些,但简身体衰弱,没法多动,而且出于骄傲也不愿小姑子进厨房。她们面对面坐着,简漫不经心地弄着壁炉。她觉得没什么可聊的,但她们之间从来都不会有一刻沉默。

"桥牌打得怎样?"简问。

"越打越糟了,"莫莉说,"但有人比我更糟。"

"噢,你总是打得很好的。"简说。

"但是打桥牌,你得记住各种规则,正确地叫牌,我是太老了,但我喜欢这个,打完牌后也很高兴。"

"真奇怪女儿们不玩这个。"简说。

"如果你有小孩子,就够操心的了,她们一分钟空闲都没有。"

简轻轻点头,看着炉火。

"她们很不错的,你的女儿,"她说,"我喜欢她们来看我。"

"你知道，简，"莫莉说，"我也喜欢看到她们，但我不在乎她们是不是每个周末来，我是那种喜欢孙辈更甚于儿辈的母亲。"

"哦，这样啊。"简说。

"是真的，简。如果有一个礼拜，我可爱的外孙们没在星期三来看我，来喝茶，我就要疯了，每次他们母亲来接人，我就生气，我总想把男孩们留下来。"

"他们这个年纪是很讨人喜欢的，"简说，"他们住得近，相处得好，也很方便。"

"弗兰克来过这里吗？"莫莉问。

简略略警觉地瞟了她一眼，一瞬间她脸上划过苦痛的神情。

"哦，上帝，没有。"她说。

"圣诞节后我就没怎么见过他，"莫莉说，"但你总是能知道他很多事，你读教区的简报，他不寄给我了。"

简低着头，像在找地上什么东西。

"我得叫他来看你，"莫莉说，"我不在乎他不管他母亲，但不管他舅妈不行，而且她还是家族里最虔诚的呢……"

"啊，别这样！"简说。

"我会的，简，我要给他写个便条。打电话给他没有用，总是转到留言机。我讨厌跟那些机器说话。"

她仔细看着对面的简，明白她嫂嫂在这房子里独自度过的每一天都在改变她的面容，让她反应迟钝，下巴僵硬，眼睛失去柔和的光彩。

"我一直对你说，"她说着起身要走，"你应该买一个录像机，会是个好伴儿的，我可以给你送些录像带来。"

她看到简从小包里拿了一串念珠，心想她是否故意这么做，表示有更多重要的事情需要考虑。

"总之考虑一下吧。"她说。

"好的，莫莉，我会考虑的。"简说。

她回到自家的小屋，天正黑下来，但她分明看到格林伍德神父的车又停在她车前。她觉得自己看到他的同时，他也从一块反光镜中看到她，所以没必要转身了。她想，要不是我是寡妇，他不会这么做的，而是会先打电话来，注意自己的言行举止。

她走过去时，格林伍德神父从车里出来。

"好吧，格林伍德神父，进来吧，"她说，"我钥匙都拿在手上了。"她挥动钥匙，好像是件陌生的东西。

她给加热系统设置了定时启动，所以取暖器已经热了。她把手放在门厅里的取暖器上烘了烘，考虑是不是要带他去客厅，但又觉得在厨房里会更自在些。如果不想听他说话，她能站起来自个忙去。而在客厅里，她只能和他绑在一块。

"莫莉，你一定觉得我这样回来很奇怪。"格林伍德神父说。他坐到了厨房餐桌旁。

她没回答。她坐在他对面,解开大衣扣子。她突然想到会不会是毛瑞斯的忌日,他来陪着她,因为她可能会需要支持和同情,但她随即想起毛瑞斯是夏天过世的,而且已经死了好多年,都没人关心他的忌日了。她想不出别的,站起来脱了外套,搭在沙发椅的一角。她看到格林伍德神父双手交叉放在桌上,像是准备祈祷。她想不管什么事,她得先让他不能再这样不请自来。

"莫莉,弗兰克让我……"

"弗兰克出事了?"她打断说。

格林伍德神父朝她淡淡一笑。

"他有麻烦了。"他说。

她猛然间知道怎么回事了,随即想不会的,她对所有事的第一反应都不对,所以这事大概也不是,她想,也许,也许并不是她心里第一时间想到的情况。

"事情是?"

"被告上法庭了,莫莉。"

"性侵犯吗?"她说出这个每天出现在报纸和电视上的词,伴随的是这样的画面:穿着连帽长外套的神父——这样没人认得出他们——戴着镣铐被带上法庭。

"性侵犯?"她又问。

格林伍德神父双手颤抖,点了点头。

"情况很糟,莫莉。"

"在教区里?"她问。

"不是,"他说,"在中学里,已经很久以前了,是他教书的时候。"

他们的目光相碰,突然冒出犀利的敌意。

"别人知道这事吗?"她问。

"我昨天是想来告诉你,但不忍心。"

她屏住了呼吸,然后决定推开椅子站起来,不管椅子有没有摔倒,她一动不动盯着对面客人的脸。

"其他人知道此事吗?你能直接回答吗?"

"大家都知道了,莫莉。"格林伍德神父轻轻地说。

"我女儿们也知道了?"

"她们知道,莫莉。"

"简也知道?"

"上周你的女儿告诉她了。"

"整个镇子都知道?"

"一直都在说这件事。"格林伍德神父说,语气顺从而宽容,"你要我给你沏一杯茶吗?"他又说。

"我不要,谢谢。"

他叹了口气。

"这个月底有个法庭听证会,他们打算延迟,但看起来大概会是那一周的星期四。"

"弗兰克在哪里?"

"他还在教区,但他不太出来,你能想象到的。"

"他性侵犯小男孩?"她问。

"十几岁的。"他回答道。

"他们现在长大了?对吗?"她问。

"他需要所有……"

"别告诉我他需要什么。"她打断说。

"对你来说会很痛苦,"他说,"这一点就要他命了。"

她双手扶住桌沿。

"整个镇子都知道了?是吗?唯一不知道的就是这个老太婆?你们全把我当傻瓜!"

"要告诉你不容易,莫莉。你女儿们前一阵子就试过了,我昨天也试过了。"

"他们都在说我闲话呢!"她说,"简还戴着念珠。"

"我得说大家都是好心的。"他说。

"好吧,那么,你不了解他们。"她说。

她坚持要他走,他才离开。她查了下报纸看看晚间有什么电视,沏好茶,仿佛这是一个普通的星期一,她能悠闲度过。她在滚茶里加的牛奶比往常少,喝了下去,对自己说,她现在可以做任何事,面对任何情况。外面开来一辆车,她知道一定是姑娘们,她的女儿。神父一定对她们说了,她们就要来,她才刚得知消息,所以她们一起过来,谁都不想独自面对她。

她们通常是从房子旁边绕过来,从厨房门进,但她快步从短廊走到前门,亮了门廊的灯,打开门。她挺直了肩,站着看她们过来。

"进来,"她说,"外面冷。"

在门厅里,她们不安地停留了一会,不知该进哪个房间。

"厨房。"她冷冷地说,在前面带路,暗自庆幸她的眼镜还放在桌上摊开的报纸上,这样她们会明白来的时候她正有事可做。

"我正要做填字游戏。"她说。

"你没事吧?"艾琳问。

她茫然看着女儿。

"看到你们两个来了真好,"她说,"孩子们好吗?"

"他们很好。"艾琳说。

"告诉他们,我正准备收他们的电子邮件,"她说,"米丽安说再学一次我就可以出师了。"

"格林伍德神父没来过吗?"艾琳问。

玛格丽特哭了起来,在手包里翻找纸巾。艾琳从自己口袋里拿了纸巾给她。

"哦,是的,今天和昨天都来过,"莫莉说,"所以我都知道了。"

她这才吃惊地发现外孙们也都要经受这桩事,他们的舅舅上了电视报纸,是个有恋童癖的神父。还好他们不是一个姓,还好弗兰克的教区在数英里外。玛格丽特去了洗手间。

"不要问我要不要喝茶,我不要喝茶。"莫莉说。

"我不知道说什么好,"艾琳说,"糟糕透了。"

艾琳走到厨房另一边,坐在扶手椅上。

"你对孩子们说了吗?"她问。

"我们只能告诉他们,因为担心他们会从学校里听说。"

"你们就不担心我听说?"

"没有人会对你说的。"艾琳说。

"你们不敢说,你们两个都不敢。"

"到现在我还不相信,他要被指认什么的。"

"他当然要被指认。"莫莉说。

"不,我们希望不要这样,他认罪了,所以我们以为可能不会指认,但受害人要求指认他。"

"是吗?"莫莉问。

玛格丽特回到房间。莫莉看她从包里拿出一本花花绿绿的册子,放在餐桌上。

"我们和南希·布罗菲谈过,"艾琳说,"她说如果你想去加纳利群岛,她会陪你去。天气不错的。我们看过价格什么的,很便宜,我们会订好机票、旅馆这些。我们觉得你想去的。"

南希·布罗菲是她最好的朋友。

"是吗?"莫莉问,"好啊,那真不错,我会考虑一下的。"

"我是说案子开始之后,到时候报纸上会铺天盖地。"艾琳又说。

"谢谢你能想到这点,不管怎么说。还有南希。"莫莉微笑着说,"你们考虑都很周到。"

"你要我给你沏杯茶吗?"玛格丽特问。

"不用了,玛格丽特,她不要。"艾琳说。

"你们两个应该担心孩子们才是。"莫莉说。

"没有,没有,"艾琳说,"我们问过他们,有没有发生过什么事,我是说假如弗兰克……"

"什么?"莫莉问。

"骚扰过他们。"玛格丽特说。她此刻已经擦干了泪水,鼓起勇气看着母亲,"嗯,他没有过。"

"你们也问过弗兰克了?"莫莉追问。

"是的,我们问过了,他说那是二十年前的事,后来再没发生过。"艾琳说。

"但当时不止有过一次,"玛格丽特说,"我觉得这根本看不出来。"

"嗯,你们要照顾好孩子们。"莫莉说。

"你要格林伍德神父再来看看你吗?"艾琳问。

"我不要!"莫莉说。

"我们想……"

"想什么?"

"你愿不愿意来和我们其中一个一起住段时间。"玛格丽特继续说。

"我在你家里做什么呢,玛格丽特?"她问,"艾琳肯定没空房间。"

"或者你想不想去都柏林?"艾琳说。

莫莉走到窗前,眺望夜色,看到她们车灯还没关。

"姑娘们,你们没关车灯,电池会用完的,你们可怜的先生就得过来把你们接回去了。"她说。

"我出去关灯。"艾琳说。

"我也要出去,"莫莉说,"我们一起走吧。"

"你要出去?"艾琳问。

"是啊,艾琳。"她说。

她的女儿们面面相觑,糊涂了。

"但你一般星期一晚上不出门的。"艾琳说。

"嗯,你不动你的车,我就出不去,因为你把车道挡住了。所以你们得先走。但看到你们真好,我喜欢看旅游手册,我还没去过加纳利群岛呢。"

她看到她们彼此交换了一个"可以走了"的眼色。

接下来一周的镇子对她来说几乎是全新的,一切都与熟悉的不同。她不确定一个眼神、一句招呼是不是藏着什么,她一离开家门,就小心翼翼的,避免突然转身或太接近其他人,以免见到他们低声谈论自己。好几次有人停下来和她说话,她都不知道他们是否知道她儿子丢脸的事,还是他们都擅长不咸不淡地闲聊，把真实想法掩饰起来，正如她能把一切迹象都从他们面前藏起来。

她对女儿们说清楚，自己不想去度假，也不想改变日常生活。她每星期二和星期天晚上照常去打桥牌。星期四她去留声机协会。星期三，她的四个外孙下课后来找她，和她一起看录像，吃炸鱼柳、薯条和冰激凌，做点功课，然后会有一个母亲来接他们。星期六，她去找朋友，即镇上的其他寡妇，开着车去拜访她们。她时间排得满满的，在她得知即将发生什么后的一个星期，她时常发现自己在短时间内忘了此事，但从不遗忘很久。

一天她去南希·布罗菲家，南希问她是否真的不想去加纳利群岛。

"不想，我要跟以前一样过。"莫莉说。

"你得聊聊这件事，你女儿说你得把这件事说出来才行。"

"她们打电话给你了？"

"是的。"南希说。

"她们应该担心孩子们才对。"莫莉说。

"唉，大家都在担心你。"

"我知道。他们看到我就想着怎么才能很快地从我身边过去，免得被我咬一口，或者别的什么，我不知道。桥牌俱乐部唯一来找我的是贝蒂·法瑞尔，她拉着我的胳膊，在众目睽睽下让我如果有需要就给她打电话或者捎口信，或者去找她，她看起来真像那么回事。"

"有些人很好的，"南希说，"你的女儿很好，艾琳和玛格丽特。现在你和她们关系好可是好事啊。"

"哦，她们有自己的生活了。"莫莉说。

她们默默地坐了一会儿。

"唉，整件事真让人震惊，"南希终于又开口，"我只能这么说了，整个镇子都大吃一惊，谁都没想到弗兰克会……你一定非常难受，莫莉。"

"只要是冬天我就熬得过去，"莫莉说，"我上午睡到很晚，一直忙忙碌碌。我怕的是夏天，我不像那些人，没有天光就一团糟。我害怕长长的夏天，醒来时天刚亮，就会满脑子黑暗的念头。啊，最黑暗的念头！但到那时我就好了。"

"哦上帝，我会记得的，"南希说，"我从不知道这些。也许到时候我们再去度假吧。"

"你能帮我一件事吗，南希？"莫莉说着起身准备离开。

"我当然能，莫莉。"

"你能让大伙儿跟我谈这事吗？我是说我认识的人。我是说，不用担心提这事。"

"我会的，莫莉，我会说的。"

她们告别时，莫莉看到南希眼中含着泪花。

审判前两天，她拿着晨报走回自己家，弗兰克的车开过她身边，停下。她看到车后座上有一摞教区的简报。她坐进前排乘客席，也没看他。

"你出来很早。"他说。

"我才起床，"莫莉说，"我每天先出门拿报纸再做其他的事，算是运动一下。"

到家后他停下车，两人走进厨房。

"我说，你吃过早饭了吧。"她说。

"吃过了。"他说，他没穿神父衣领。

"嗯，你先看看报纸，我去烤面包，泡杯茶。"

他坐在角落的扶手椅上，她在厨房里走来走去，听到他翻叠报纸的声音。面包和茶做好后，她把东西放到餐桌上，两人各有一套杯碟。

"格林伍德神父说他来过。"弗兰克说。

"是来过。"她说。

"他说你是这个年纪的人的榜样，每天晚上都出门。"

"是啊，你知道我很忙的。"

"那很好。"

她发现自己忘了把黄油拿到桌上，就去冰箱里取了些。

"姐姐们常来看你吗？"他问。

"我需要她们时知道她们在哪儿。"她说。

他看着她把黄油涂在面包上。

"我们觉得你可能会出去度个短假。"他说。

她伸手拿了桌上的果酱，没说话。

"你知道吧,那样就能过去了。"他又说。

"女儿们也是这么说的。"

她不想让才开始的沉默持续下去,但她想说的话都显得多余,她希望他走。

"对不起,我没有亲自来告诉你发生了什么事。"他说。

"哦,你现在来了,看到你很高兴。"她说。

"我想就要……"他没说完,只是低了头。她没喝茶也没吃面包。

"报纸上可能会说得很详细,"他说,"我只是想来自己先说一下。"

"一点都别担心我,弗兰克。"她说。

她想他可能会抬眼看她,就挤出一丝笑容。

"事情很糟。"他摇着头说。

她想他们会不会让他在监狱里做弥撒,穿法衣,拿祈祷书。

"我们会尽力帮你,弗兰克。"她说。

"这是什么意思?"他问。

他抬头瞟了她一眼,那神情就像个小男孩。

"我意思是,只要我们能做的,都会去做,我们谁都不会离开,我会在这里的。"

"你肯定不想离开?"他喃喃问道。

"我肯定,弗兰克。"

他没动。她把手放在杯上,茶还热着。弗兰克淡淡一笑，站了起来。

"反正我想进来看看你。"他说。

"我很高兴你来看我了。"她说。

直到听到他在车道上发动车子，她才从椅子上站起来。她走到窗边，看着他掉头转向，一如既往地谨慎小心，没碰到她的草坪。她站在窗边，他开走了。她一直站在那里，直到他的车声消失在远方。

路　上

"妈妈，人是怎么死的？"他曾经问，于是玛丽对他解释灵魂是如何离开躯体的，然后上帝……呃，上帝……带走了你的灵魂，因为他爱你。

"每个人都会死吗？"

"是的，大卫。"

"每一个人？"

她被他的认真劲逗乐了，但她严肃以对，尽量回答得圆满。她记得，他当时大概是四岁，正是喜欢问问题的年龄，想知道每样东西是怎么用的，又都是干什么的。

他是他们的独子，是谢默斯和她结婚差不多二十年后才有的，当时他们早就放弃生子的希望了。起初她简直不相信，接着就害怕起来，自问为何是现在而不是多年前就怀上，但她找不到理由。她觉得他们也许年纪太大，都过惯了日子，没法抚育一个孩子了。他们都习惯了自由生活。然而大卫带给他们生活的变化，并没有她预料的那么大。住在附近小屋里的雷德蒙夫人，她丈夫在大卫出生后不久就去世了，于是她每天来帮忙，如果他们要出门的话，她晚上也带小孩。玛丽一家住在一所小乡村公立小学旁边，谢默斯是校长。大卫长大一点后，与雷德蒙夫人在一起的时间越来越多。玛丽去小屋接他回家，他经常不愿意。但一回到自己家，他也开始笑，跟在她后面问东问西，再长大些，就跟她说学校里的事。

天色已晚，她不习惯在黑暗中开车走长路。虽然她对这条路很熟，也觉得很难集中注意力，得慢慢驾驶。时下是三月，薄霜初降。道路已拓宽了几段，车灯扫射在防护木栏上，而不是以前的沟渠。这条路以前半隐半露，歪歪扭扭，不太正大光明，但现在不是了。她想，如今事故一定少了。她想起了那条狭窄的旧路，便开始陷入回忆，发觉自己又在想那件事开始的那一天，那天她第一次注意到大卫已经不受他们管束，而且变得阴郁内向。他们二十岁的儿子在医院里度过了前七个月，饱受沉默之苦，这是她的说法，医生则称之为抑郁。如今她开车把他接回来。这是他们的错吗，她和谢默斯？他们又是哪里做错了？大卫拒绝到前排坐在她旁边，也不和她说话。他坐在后排，一支接一支地抽烟，那盒烟是他让她在布雷镇停下来给他买的。她心想，他是否决定再不和她说话，还是他本来就这样，在沉默中感到自在，正如沉默让她忧虑不安。她觉得自己应该说话。

"你父亲不太好，大卫。"她说。

没有回应。一辆车从对面开来，她调暗了自己的车灯，但迎面而来的灯光太刺眼，她只得眯起眼避开光线。

"他上周又中风了。"她说，但听起来不像真的，好像她是编出来想让他吃惊并和她说话似的。但他没开口，她听到他狠狠地抽着烟。

阿克洛镇长长的主街很是荒凉，再经过戈里、卡莫灵、弗恩斯几个镇子以及连接这些镇子的路，就到家了。车灯照亮很小一段路，灯光之外似乎总是空旷一片，车流极少。玛丽觉得车里的烟味太重，她几乎要反胃了。月亮第一次进入视野。

她尽量什么都不去想，将注意力集中在前方道路，但过去那些地方的影子不经意地在脑海中浮现，挥之不去。都柏林的蒙特·卡莱尔酒店是她度蜜月的地方，她能描述他们住的房间，还能想起早晨街道上奇怪的噪声。她想回忆起那城市的印象，当时她对之了解不多，但其他场景闯入画面，整个模糊了起来。他们曾在古虚镇度夏，周围阡陌纵横，蚊蚋在暮色中盘旋，还钻进头发。她看见母亲的照片，母亲去世之后，照片就挂在弗恩斯她父亲的店面上头的一间尘封的厅里。

她又想到第一眼看到的学校旁边的那幢两层老楼房，那是她父亲在他们结婚时买给他们的。她记得他们去看房时屋里的气氛，四壁光秃秃，走路时发出空荡荡的回声。现在谢默斯就躺在这幢房子的二楼。他整个右半边身体麻痹了。这幕情景在玛丽脑海中格外清晰。甚至她读报纸给谢默斯听,他似乎都不感兴趣。

大卫在后座又点了一支烟。

"你想到前面来坐一会儿吗?"她问。

沉默了好一会儿,一个闷闷的声音说:"不用,谢谢。"

她突然停车,靠到路边。她回头没法看清他,便打开了头顶昏暗的灯。大卫开窗让烟气出去。他遗传了她浓密的金色头发,但没遗传她大骨架的脸。暗淡的灯光下,他让她想起了她刚认识时的谢默斯,但大卫的脸更瘦一些。他神情紧张,转身的动作摆明了不想与她说话。

"你以后想做什么?有想法吗?"她问,一瞬间与他目光交接,他移开视线。

"我不知道,什么都别问我了,行吗?什么都别问了。"

"你也许要在家待一段时间,或许可以找个在家里做的工作。"

"我不知道。"

他把抽了一半的烟扔出窗外。

"我晚上开车很累,一定是老了。"她笑起来,他局促地朝她笑了笑。

"反正我们要赶紧了。"

她伸手关了顶灯,发动引擎。

"你父亲在等着我们。"

她想,他会睁眼躺在那里,我进门的时候他都不看我一眼。现在她有两个伴儿了,想到这个她笑了。无论如何,她希望大卫留在家里,不管他的沉默多么令人不快,不管他拉上窗帘躺在床上过多少日子。她梦想着在阳光明媚、海景宜人的夏日,和他回古虚镇去,给他一些长久以来丢失的东西,那是他似乎故意遗弃的旧日的活力。她想,他能不能光脚走在沙滩上呢,那样也许会让他精神振奋起来,但她意识到什么都不能操之过急、简单处理,就叹了口气。她知道这是一种病,但看起来又不像。她觉得这是大卫不会放弃的东西,是他得到的特别的黑暗礼物。这东西让他得到安慰,他也接受了。

"大卫,医院怎么样?我们去的时候我看不出什么,从来不知道你怎么样了。"

"不要问了,妈,我说了不要问了。"

"告诉我吧。"

"那里很不舒服。"他叹气,她听到他呼出一口烟。"整个都是,很不舒服。"

"但那时候已经是最好的了,是吗?我是说,我们也没有其他可以做的了。"

"是的。"

她知道他吃了药,但不知道药有什么用。和她谈过的那位医生,一直用"病人"称呼大卫,说他最好再来住院。他似乎不准备回答任何直接的问题,所以玛丽也没问。她觉得没人会雇用大卫的,他也不适合干任何事。她想到等她老了,就会让他住楼上的房间。她想问他些别的,但忍住了,不想再让他生气。后座的沉默越来越分明,透着敌意。她感到这种沉默好像是针对她的,便加快车速,想赶紧到家。

车前灯照见了弗恩斯新教教堂朴素的方形尖顶。他们有车之前的每个星期天,谢默斯和她都是骑车到镇上,然后搭火车去弗恩斯,和她父亲待一天。他死前那几个月,态度温和,脾气又好,玛丽独自陪他,和他坐在一起。她想,那段时间对他们而言都是快乐时光。

车灯闪烁在一幢矮宽建筑物的玻璃上,这是三岔路口的新天主教堂,她记得他们是在老教堂结婚的,心想现在老教堂派什么用处呢。她还有父亲的金属边框的眼镜,放在某个抽屉里。他过世后,他们卖了他的店,扩大了他们的住宅,买了辆车。有一会儿她设想他们没卖掉那店,觉得大卫在那里干活或许会对他有帮助,她也会照看他,确保他的活不会太重。她小时候就喜欢在店里干活。

"他一直躺在床上吗?"大卫突然问她。

"大多数时间是,"她说,"他应该去医院,但他不要去,所以雷德蒙夫人每天晚上过来。我们要把他抬起来,他非常重。雷德蒙夫人老了。她今晚住在我们家。"

说话时,她自欺地装作和大卫闲聊了一路。

"你知道我想做什么吗?"她亲切地问道,"想抽一支烟,很多年没抽了,你父亲讨厌我抽烟。你能点一支给我吗?"

她听到大卫在后座上点燃打火机。他递给她一支烟。

"你确定不想坐到前面来?"她问,"我们快到家了。"

"不要,我没事。"

他们驶入河边的窄道,两旁垂着枝桠。月亮爬上山头,她看到光秃秃的树枝和路上的霜星。她发现自己没法抽完这支烟,便在烟灰缸里按灭了。镇上的路灯光是种肮脏而凶悍的黄色。她开过邮局,朝磨坊驶去,大卫把烟灰缸从车后门的置物槽里拿出来,在后窗外倒空了。她发觉冷空气吹进车里。

"我们到家了。"她说。

她驶下马路,开上家门口的柏油碎石车道。灯亮着,雷德蒙夫人开了前门迎接他们,大卫把他的包从后座拿出。

"他怎么样?"玛丽低声问。

"他早先睡了一会儿,不过现在很清醒,整天都情绪低落。"雷德蒙夫人说。

他们进到屋里,雷德蒙夫人要大卫和她进厨房。他跟着她,但紧紧抓着包,像是走在去什么地方的路上。玛丽在楼梯口看着他们,然后转身上楼去卧室。

窗帘拉上了,电子壁炉旁放着一碗水,屋里很暖和。

"他来了吗?"谢默斯问。

她没回答,只是走过去坐在梳妆镜前的凳子上,她从镜子里能看到他。她发现自己保养很好的金发在眼角和嘴

155

边的皱纹旁看起来很奇怪。大卫曾经把那些皱纹叫做她的"老家伙"。她想，是时候长白发了。谢默斯从床上盯着她，他们目光相遇时，她愣了一会儿，瞥见了一眼未来，到那时她得把自己每一分的自私心都聚集起来。她闭了闭眼，转过身朝向他。

"他回来了吗？你把他带回来了吗？"他又问她。

三个朋友

星期一，其他人都去宾馆用午餐，弗格斯独自在殡仪馆守着母亲的遗体。他知道，她一直都在享受自己的葬礼。老朋友间的低声交谈，回忆的涌现，多年不见的人到来，所有这些都会让她双眼放光。但他觉得，她不会喜欢现在一个人和儿子待在影影绰绰的烛光里，整个生命都离她而去。她现在一定不开心了，他想。

他想轻声对她说些安慰的话，说她会一切都好，会安息的。他站起来看着她，她死亡的脸上没有活着时的柔和神情。他希望有一天能忘记她毫无生气躺在棺材里的样子，在僵硬、安宁、纹丝不动的面具之下，有着旧日苦痛的淡淡痕迹。给她整理仪容的是入殓师或护士，他们把她的下颌弄得更坚实紧凑、棱骨分明，还有奇怪的皱纹。他知道，如果她此刻开口说话，她的老下巴会回来，还有她的老声音、老笑容。但这些都没了，适才见过她的人想认识她也来不及了。他想，没人能了解她了，突然间他想哭。

他听到外面的脚步声，是一个男人用沉重靴子踩着水泥地的声音，他差点吃了一惊，居然有人此刻来打扰他为她守灵。他一直坐在那里，仿佛门是关着的，他不会受到打搅。

出现的人是个身材高大的中年男子，走路时背略有些驼，表情温和谦卑。弗格斯肯定自己从未见过他。他带着一种生硬的尊重朝棺材走去，没有留意弗格斯，先划了个十字，然后轻轻地抚触了一下逝者的前额。弗格斯觉得，他看起来像是镇上来的，不是邻居，但一定是她多年前认识的人。他知道，母亲被这样展示，被来的每个人触摸，一定吓坏了，但她也只有几小时了。时间一到，棺材就会合上，被运往大教堂。

那人坐到他身旁，仍然看着他母亲的脸，凝神注视，仿佛期待它在摇曳的烛光中有所动作一般。弗格斯想告诉这人，没必要这么盯着她看，她已经死了，这么一想，他差点自己笑起来。这人又划了个十字，然后朝他转过来，伸出大手，流露诚挚的慰问之情。

"真为你的事感到难过。"

"谢谢，"弗格斯说，"多谢你能来。"

"她很安宁。"这人说。

"是的。"弗格斯说。

"她是个非常好的太太。"这人说。

弗格斯点头。他知道这人会等上至少十分钟，然后才能有礼貌地离开。他希望他能自我介绍一番，或者给点身份的线索。他们默默坐着看着棺材。

时间一分一秒过去，弗格斯觉得奇怪，怎么还没人来，其他人肯定已在宾馆用完餐了。母亲的朋友们整个上午陆续到来，还有一些亲戚，他们留下间隙，让弗格斯和一个陌生人不安地在一起坐了这么久，这太荒唐了。弗格斯觉得，这段时间是在一个黑暗的梦中，这个梦将他们带离所有熟悉的事物，来到一片昏暗微明的光线下，周围是令人不适的沉默，还有无边无尽的、迟钝暗淡的死亡领域。那人清了清嗓子，弗格斯瞟了他一眼，发现他皮肤干燥，脸色苍白，更说明了刚才那段不属于正常时间，他们都被母亲的灵魂拉进了一个阴暗的地方。

"你的曲棍球打得不好。"这人安静地说，口气友好。

"是啊。"弗格斯说。

"你们家里康纳打得好。"这人说。

"他那时候打得很好的。"弗格斯说。

"你是聪明的那个吗？"

"不是，"弗格斯笑道，"那是菲亚基，他是最小的。"

"你父亲，"这人欲言又止，弗格斯目光锐利地看着他，"你父亲在中学里教过我。"

"是吗？"

"我和乔治·马洪在一个班里。你看到那边墙上的鸽子吗？乔治画的。"

他指着殡仪馆的后墙。

"这地方落成时，他本来要画一幅大画。这只是画个轮廓，先做准备，他还要把颜色填进去。"

弗格斯看着棺材后面墙上淡淡的铅笔轮廓，辨认出了一只鸽子、几个人像，远处可能还有一座山或一列山脉。

"他为什么没画完？"弗格斯问。

"马特的妻子，"这人说，"在马特要开这个地方前几周突然过世，他得做出决定，是在自己这里收殓她，还是交给他的主要竞争对手。他自己做了，虽然这地方还没建好。事情顺利，没出岔子，但这幅画没画完。马特的妻子躺在这里后，乔治·马洪说他不会再来了，说他吓死了。或者他说的是，这地方完了，他没法工作。他说，你在这里画画时，都不知道背后会出来什么。"

这人用平缓的声音讲着，眼睛一直看着棺材。弗格斯从他身上移开视线后，尝试构想他的脸，但不行，他一转身，这人的五官就模糊了。弗格斯发觉，他很难被描述，个头高，但不是特别高，身材瘦，但也不是很瘦，头发是棕色或沙色，容貌平平，声音像游魂出窍。在寂静的殡仪馆里，这人不说话时，如果有人低声说这人是来带走他母亲魂灵的，也不是那么不可信。那一会儿，最大的可能是这位客人用陈词滥调讲故事拖延时间，一边则将弗格斯的母亲带走了，所以留下来被掩埋的只是她无用的躯体。

但是过了一会，这人走了，其他人也回来了，又来了几个邻居，这个魔咒被打破，此人的来访也显得正常起来，这就是小镇上发生的事，没必要对他人讲述，虽然留下了印痕。

第二天，他们跟随棺材从大教堂的中央走道走向等待着的灵车。弗格斯垂着头，听着音乐，这是为他母亲唱的最后一首颂歌。他尽量不去想聚集在走道两旁的人，他们站在那里，看着他和他的弟弟妹妹，还有他的阿姨缓步走向大门。他走到最后几排时却环顾了一下周围，惊讶地看到从都柏林来的三个朋友，他们刚从阿姆斯特丹旅行回来，周末才见过面。他们肃容而立，似乎为着什么事情感到羞愧，触到他目光时并没有微笑也没点头打招呼。他从未见过他们严肃的样子，他们在学校里惹了麻烦，或者在找工作面试，在机场受盘问，被警察拦下时，一定也是这样。他想和他们悄声说话，笑着问他们是否吸毒了，但他想到这点时已经到了户外。

在墓地里，他父亲的墓碑看起来已成历史，刻上的日期已经磨蚀。神父在墓碑一侧竖了一个麦克风和一个台子。九月初的阳光晒得天气暖洋洋的，没有风，但整个地方还是莫名地有风刮过。他心想他们为何不在墓园种些树，哪怕种些冬青呢。神父开始吟诵祈祷文，弗格斯看到那画家、装饰家乔治·马洪站在远处的一块墓碑旁。他是墓园里唯一没走近的人，没挤在坟墓旁边的人堆里。他有六英尺高，双手放在墓石上。弗格斯感觉到乔治·马洪注视的力量，也感觉到他在墓园里画了一道看不见的线，让他无法跨越。

正如那个来殡仪馆的人所言,他怕死人。他与弗格斯的母亲认识了一辈子,所以无法随便走开,但也没有走近坟墓。他认真地打量着神父、灵车、棺材周围的场景,在棺材被放入打开的墓地时,他遥遥独立的姿态让弗格斯颤抖了起来。

后来弗格斯站着与每个上前的人握手,努力笑着感谢他们。他看到一个妹妹在哭。最后走上前来的是羞涩的米克、阿兰和科纳尔。

"三剑客。"他说。

"为你的事很难过,弗格斯。"米克说着和他握手。他穿夹克衫,戴领带。其他两个也走过来轻轻拥抱他。

"我真是很难过。"阿兰说。

科纳尔握着他的手,伤心地摇了摇头。

"你们来宾馆吃点东西吗?"弗格斯问。

"我们想去的,但是得走了,"米克微笑了下,"你什么时候回都柏林?"

"星期四,我想。"弗格斯说。

"星期四晚上你来吗?不来的话给我们打个电话?"

"好的,谢谢,我会的。"

葬礼当天晚上,他和弟弟妹妹还有妹夫一直喝到凌晨四点。他们大多留到第二天晚上,虽然对彼此保证要早早睡觉,但晚餐上又开始喝葡萄酒,接着喝啤酒、威士忌,直到什么都喝光只剩下葡萄酒,弗格斯和弟弟妹妹一直喝到天色发白。他睡到下午才醒,已经是星期四,该走了。他本来计划出镇时在墓地停留一下,站在母亲坟头,给她一些安慰,或者从她那里得到一些安慰,但他太累了,筋疲力尽。整个晚上他们都在说笑,直到没什么好笑的故事可讲。他开车经过墓地,对她的死感到痛心的愧疚,似乎他也牵涉在死因中。他没有朝她靠近,反而需要远离她的家、她的坟墓、她葬礼的日子。他开车直接去他在斯托尼巴特的家,梦想着自己再也不会出门,天一黑就睡觉,这样夜复一夜。

他准备睡觉时,电话铃响,是米克。

"今晚你来不来没关系,"他说,"明晚是关键,我们给你准备了特别的,兄弟们都来了,是沙滩狂欢聚会。"

"不去,"弗格斯说,"我不去。"

"你一定要去。"米克说。

"我太老了不适合电子音乐,"弗格斯说,"不对,我收回这话,电子音乐对我来说太无聊了,而且我讨厌沙滩。"

"这次很特别啊,我说这次很特别,带上两件暖和的外套,一条大浴巾。"

"不去。"

"九点钟到我那儿,我开车,如果无聊我就跟你一起离开,但你一定要来。"

"九点?"弗格斯问道,笑了一会儿。

"九点整。"米克说。

"我们只待上半小时?"

"等你想走已经是上午九点,你不会想离开的。"米克说。

天黑后,他们从城市出发,朝北驶去。天气暖和,他们开着窗,直到阿兰点了支大麻烟,他们才关了窗,享受沉溺在烟雾中的感觉。他们在米克的公寓里已经吸过可卡因,这东西让弗格斯感觉振奋紧张,而且莫名地头脑清醒。他用尽力气吸入大麻烟,吸进太多烟雾后,使劲含着烟气,闭眼品尝滋味和力道。他觉得要晕过去了。一阵虚弱感穿体而过,他把头往后一靠。他准备睡觉,但这种准备就绪的状态带着穿梭如箭、不知何往的思维。他想在车后座上放松一下,在大麻带来的珍贵的疲怠感和可卡因甜蜜电击之间的争夺战中找乐子。

"你知道吗?"阿兰说,"你家老夫人的葬礼上我感觉很糟,我发觉忽视了自己的母亲,就给她买了花去看她了。"

"人类迈出的一小步。"科纳尔说。

"我应该先给她打个电话,"阿兰说,"但她讲电话有问题,她把电话当成毒蛇。"

"你上次看她是什么时候?"米克问。

"六月,再上一次是二月。每次回去她都对我唠叨这个,我说:'好了,我这不是来了吗。'好像这能弥补一切。

她差点咬我。她不停说:'这真好。'她非常容易郁闷。"

"你是从她那里得到的遗传?"米克问。

"所以我拿着花去了,那里没人,隔壁的比奇小姐穿着围裙出来对我嚷嚷说我没钥匙。'你母亲在意大利。'她说。你可别介意,在沙滩上,最热门的地方,和老金斯顿夫人,她们两个在买东西,或是买新的耳环。"

"你把花怎么处理了?"米克问。

"我把它们扔进汽车站旁边的垃圾箱了。"

"上帝啊,"科纳尔说,"我们可能不该在弗格斯面前说这个,你没事吧,弗格斯?"

"我没事。"弗格斯说,他仰着头,闭着眼。

"我们到了那里会有更多白粉的,"米克说,"别担心。"

"我想睡觉了,"弗格斯说,"我小时候,喜欢在别人去沙滩的时候待在车里。"

"嗯哼,你已经长大了。"米克说。

一离开主道,米克就开得很慢。弗格斯觉得他们是在德罗赫达和唐道克之间,直冲海滩而去,或是沿着海滩开。他发觉米克看前路有点障碍,因为不时出现几片浓雾,他数次停车,打开车上昏暗的顶灯,研究地图辨认复杂的路线。

"我们很近了,但我听说,不要向别人问路,也不要鬼鬼祟祟的,"米克说,"我在找右侧第二栋平房,然后就转弯开进小沙路上去。"

"你确定不是有人在捉弄你吗?"阿兰问。

"不是,我确定,上次的聚会也是那群人办的,靠得住。"

他在第二栋平房前停下,下车在雾里查看右侧是否有小路。

"我们到了,"他说,"这条路下去就到那里。"

他们沿着窄道开,荆棘和野蔷薇撞击着车身,地面坑坑洼洼,有几次似乎有东西要戳穿车底,米克差点就停了下来。他们吓得话都说不出来,车子似乎只是左右摇晃而没在向前开。到了路尽头,米克打开窗,他们听到海的咆哮。他把车和其他很多车停在一起。一开门站在夜色中,清晰的电子乐声就遥遥奔来。弗格斯感到柔和温暖的风从海上吹来,像是夏天的风,虽然刚刚结束的夏季只带来低垂的天空和绵绵的雨。

"我们应该在车上吸可卡因,这样风不会把它刮走。"米克说。

他们回到车上,关了门窗,米克在一个CD盒上整齐地铺开粉线。轮到弗格斯吸了,他依照米克的建议,卷起一张五十欧元纸币吸取,品尝起粉末进入喉腔的酸味。他用力吞咽,这样能更好地品出味道,因为他是最后一个吸,便用手指在CD盒上蘸取剩余的白粉粉末,塞进自己牙缝。

他们在一个大旅行袋里装了套头衫和浴巾,饮用水、罐装啤酒,还有一瓶龙舌兰酒,这时看见一组车灯出现,一辆车开过来停下，下来六七个醉醺醺的人。米克点了一支大麻烟传了一圈。

"我们来得不算早，也不算晚。"他说。

他借助手电筒把他们带到有音乐演出的小海湾，上面有伸展出来的岩石遮蔽，从他们刚才穿过的地方，沿着一道陡峭的石阶走下来就到。

"音乐很无聊啊。"弗格斯对米克小声说。

米克又把大麻烟递给他，他吸了两口再递回去。

"我要你闭上眼睛，张开嘴。"米克说。他把手电筒光晃在弗格斯脸上，阿兰和科纳尔站在一旁直笑。弗格斯看到米克把一粒药丸咬断成两块，他闭上眼，米克把一半放在他舌头上。

"吞下去，"他说，"医生都是这样建议无聊患者的。"

弗格斯看到灯光、发电机、大功率扩音器和舞台，就想，组织者一定忙了一天了。他们在海湾里弄了一套复杂的即时迪斯科声光系统，震颤出灯光和响亮的迪斯科音乐，因为距离最近的房屋和道路都很远，所以运气好的话，能整晚上都不受打扰。他知道天时还早，虽然摇头丸还没起作用，但可卡因、大麻烟和清新的海边空气都让他振奋起来，准备过一个不眠之夜。城市的夜晚总是有尽头，场所关门早，酒吧保镖大声喊叫赶人，市中心没出租车，除了回家无处可去。

他们把东西放在黑暗中的安全之处，便加入人群。大约有三十人在跳舞，有些人像是结伴过来的朋友，或者，弗格斯想，是刚刚才交上朋友的，他们彼此协调着动作，同时又严格保持距离。

他站在跳舞人群的边缘，啜着一罐米克给他的啤酒，发觉自己正被一个高瘦黑发的家伙盯着，这人跳着自己发明的节拍，一会儿指天，一会儿笑着指弗格斯。他很高兴自己在正常性取向的人里混得够久，知道这个跳舞的不过是吃了摇头丸，正兴奋着，笑着表达心情。这不是挑逗，虽然看起来像是，他的动作没有性意味，像个小孩似的。弗格斯和着沉闷的音乐节拍，用手指指着他，也朝他笑。

随着摇头丸的药力通遍周身，他感觉鼻子和下颌有针刺感。他跳起舞来了，米克、阿兰、科纳尔也在旁边跳。他很高兴有他们在身边，虽然觉得没必要去看他们，和他们说话，连笑都不必笑。随着节奏加快，音量提高，伴着毒品、夜色和金属穿透感的声音，无论此刻发生什么，都意味着他与他们紧紧相连，是他们群体里的一分子。他只需要去感受这种联系，一股暖意就从身上流过，他希望能一直这样到天明，也许再接着到第二天。

他和米克又分享了一粒药丸，喝了些水，一起吸了一支大麻烟。音乐在平平无奇中穿插着细微的变化，弗格斯开始有了兴趣，这比周遭那些脸和身体更吸引他。他倾听乐调和节拍里的变化，跟着曲子的进程，流逝的夜色给了他一种凉爽的力量。他和别人待在一块，他们也和他待在一块。他们有时开玩笑地互相推搡，突然配合着跳起奇怪的自创舞，彼此笑着，亲切地触碰，然后又随意走开去，独自在潮涌的人群中起舞。

米克是发号施令的，他决定什么时候点大麻烟，什么时候吃药丸、小口喝啤酒、大口喝水，什么时候他们四人又要从人群里退出，躺在沙滩的浴巾上吸烟、大笑，没什么人说话，他们知道会有更多时间跳舞，这只是暂时休息，是米克认为他们需要从缭乱美丽的音乐和跳舞者中间出来休息一下。

整个晚上他们都围着彼此转，仿佛守着什么精彩绝伦的东西，只要一分开，就消失了。弗格斯觉得头发里有沙子，背上汗津津的，运动鞋里也都是汗。有时他觉得累，但这种疲倦感又推动着他，让他跟着音乐摇摆，时而微笑，时而闭眼，希望时间过得慢些，这股能量留到彼时，包裹着他，让他熬过深夜。

时间似乎过去了几个小时，米克把他带到一边，让他脱离灯光，叫他看海平线上的第一缕晨曦。像是远处灰白色的烟，没有太阳的红光和迹象。看起来更像是日暮而不是破晓。他们又加入跳舞的人群，在疯狂闪烁的灯光里度过最后一段时间。

第一束阳光洒到沙滩，天色依然灰蒙蒙的，令人不安，仿佛预示着一天的阴雨漠漠。他们冷得发抖，走到放衣服和浴巾的地方，大口喝着龙舌兰酒，刚喝下去的感觉像是喝了毒药。

"这个毒性很强。"弗格斯说。阿兰笑着倒在柔软的沙地上。

"你说得像上帝或者爱因斯坦似的。"科纳尔说。

米克把浴巾放进大旅行袋，检查他们是否遗漏什么东西。

"我有个坏消息，"他说，"我们要去游泳。"

"啊，天哪！"阿兰说。

"我准备好了，"科纳尔说，站起来伸伸腰，"来吧，阿兰，那会让你像个汉子的。"

他把阿兰拉了起来。

"我没带游泳裤。"阿兰说。

"那我猜你也没带干净的内裤。"

米克递给弗格斯一瓶龙舌兰酒，他们轮番喝着，离开最后一批寻欢作乐的人，走到海湾的远端，这边一个人都没有。米克放下旅行袋，拿出一条浴巾扔在沙滩上，开始脱衣服。他给了阿兰和科纳尔一粒摇头丸。

"这会让你们暖和起来的。"他说。

他咬碎了另外一粒，一半给弗格斯。弗格斯把药丸放进嘴中，立刻感觉到米克留在碎边上的口水，清晰地体味到他们在一起相伴度过、互相触碰的漫长时间的余韵。他站着看米克脱光衣服,想到他要光着身子下水,便倒抽一口凉气。

"最后一个下来的是查理·豪伊①。"米克已经走到海水边,大声喊道。

在光怪陆离、透着荒凉的暗淡曙光下,他的身体看起来很有力,又有种莫名的别扭感,皮肤白白的,有瘢痕。阿兰很快跟上了他,也脱光了衣服,他更瘦些,发着抖,蹦蹦跳跳地御寒。科纳尔穿着内裤,小心翼翼地朝海水走去。弗格斯慢慢脱衣,也打着颤,看到其他人在冷水里大叫,跳起来躲避浪头,他开始觉得他们的样子很有趣。浪头过来时,米克和科纳尔同时潜到水底下去。

弗格斯的脚一碰到水,就退缩了。他看到他们三个欢蹦乱跳地又游远了,浑身充满活力,不顾一切地往前游,潮水把他们往后一冲,他们就往水下一钻,好像水是躲避寒冷的法宝似的。他抱着胳膊保暖,牙齿格格响,觉得这种事真是找罪受,但现在也不能回到沙滩上去穿衣服,只有鼓起勇气,加入到他们当中去。这些人丝毫没有要回到干燥陆地上来的意思,只是招手叫他不要胆小。

他盘算了一会儿,觉得自己是个无名小卒,这时什么感觉也没有,就算蹚进水里,也没什么东西会伤害他。他冲进一个朝他奔来的浪头,钻到底下,然后破浪朝他朋友

---

① 查理·豪伊(1925—2006),1979年至1992年间三次出任爱尔兰总理,卸任后因为财务和个人作风问题身败名裂。

们游去。他记得母亲在水里总是很勇敢，下水从不犹豫，从来都是一往无前地进入冷冷的海水。他想，她此刻一定不会为他骄傲，因为他不断想着已经游够了，可以飞奔回岸上擦干身子。他把这念头抛开，尽量待在水底，盲目地游动，不停打水让身体暖和。他游到朋友身边，他们笑着用胳膊环住他，开始在水里打闹嬉戏，这让他忘了寒冷。

阿兰和科纳尔朝岸边蹚去，米克与弗格斯留在后面，弗格斯已经对寒冷没了感觉，能张开手臂浮在水上，仰望渐渐发亮的天空。米克在他不远处划水，过了一会儿，又催促他游到更远的一处沙洲，那里浪头虽然也很大，但容易浮起站立。他们游过去时靠得很近，好几次无意间碰到彼此，但他们到达浅滩时，弗格斯觉得米克在有意地碰他，把手放在他身上不松开。弗格斯觉得自己的阴茎硬了起来。米克游开了，他仰面浮在水上，满心欢喜，也不在意米克是否看到他勃起，他肯定米克不一会儿还会游回他身边的。

米克游到他腿间，浮出水面，握住他的阴茎，另一只手伸到他下面，他都没睁开眼睛。他想要站起来时，发觉米克抱住他，试着用右手食指探入他体内，来回抽动直到深深地插了进去。弗格斯皱了眉，搂住米克的脖子，把嘴凑过去，米克热烈地吻起他来，站在浅滩上，咬着他的舌和唇。弗格斯的手挪到下面，就摸到了米克的阴茎，在水里坚硬而有弹性。他想到在水下口交有多难，就露出微笑，差点要笑出声来。

"我有点想干这个,"米克说,"但只干一次,行吧?"

弗格斯笑着又吻了他,米克用手摩挲他的阴茎,试着把两根手指插到他体内,弗格斯叫了一声,但没把他推开。他尽量分开腿,让第二根手指缓缓进去,一边深呼吸,这样能多打开一些。他用双臂抱住米克的脖子,头朝后仰,闭眼忍痛,还有随之而来的刺激感。在微明的晨光下,他开始抚摸米克的脸,感觉他的骨头、皮肉下的头颅、眼窝、颧骨、下颌骨、前额、坚固的牙齿、容易干枯腐败的舌头,还有那没有生命的头发。

米克此刻没有给他手淫,而是用两根手指全力施为,粗鲁地进进出出。弗格斯摸着米克的阴茎、他的屁股、他的脊背、他的睾丸,然后用上所有来自药力的激情,用上全部的伤痛和兴奋,去咬吸米克的舌头,含住了,再把自己的舌头探过去,品尝着朋友的唾液、他的呼吸、他凶猛的躯体。他知道两人都不想射精,那多少意味着失败,到了某个尽头,他们都不想停下来,虽然都冻得浑身发抖。弗格斯慢慢明白,阿兰和科纳尔正站在沙滩上看他们。最后海水冷得受不住,他们蹚水朝沙滩走去,另两人漠然转身离去。

等到他们都穿好衣服,准备上车,天色已亮。他们从组织者身边经过,那些人拿着已经拆散的前一晚的器材,动作迅捷高效。

"他们怎么赚钱的?"阿兰问。

"他们其他晚上赚钱,"米克说,"但这次完全出于友情。"

米克先得空车掉头,免得轮胎陷进沙地。他把车转回来后,弗格斯坐在前排乘客席,另两个坐后排。他们在小路上默默地摇晃,两旁的灌木丛上挂着黑莓。弗格斯忆起从故乡镇子出去的路,路上没有车,远处是高高的树林。他们大伙儿,弟弟妹妹们和母亲,拿着淘箩和旧煎锅在沟里的灌木丛上采摘黑莓。母亲是最勤劳的,也是最忙的,把一只只淘箩倒进老旧的莫里斯小车后座的红色桶里。

他们从小路开上都柏林的大路,这时弗格斯发觉自己没法独自过这一天。他虽然累,但不困,而且特别亢奋。米克嘴巴的滋味,他在水中的重量,他皮肤的感觉,他激动的样子,和药物、龙舌兰酒的余劲结合起来,让他还想要米克,想和他单独待在有干净床铺和关着门的卧室里。他后悔之前没在海里泄欲,也后悔没让米克和他一起泄。他们混着咸水和泥浆沙子的精液会平息他的欲望,至少这次会平息下来。他知道进城后,车子先停他家。他希望没有后座那两个家伙听着,自己能向米克转过头,让他和他独处片刻。

阿兰让米克停车,说他要吐了。米克停在双车道的硬路肩,他们无言地看着他喘气呕吐,默默听着作呕的声音。弗格斯觉得这是个好机会,可以对米克说他没法独自回家。

"科纳尔,你去帮帮他吧。"他说。

"他经常吐的,"科纳尔说,"他说这是遗传的,我没什么办法。他是个软蛋,他爸妈也都是软蛋,反正他是这么说的。"

"他爸妈也参加聚会吗?"米克问。

"不管他们当时叫什么,"科纳尔说,"舞会,也许是,或者是蹦迪。"

阿兰吐够了,脸色惨白地回到车上。这时候路上很空,弗格斯知道半小时后就能到家,他没机会对米克说出他的意思了。他可以晚一点打电话,但米克那天可能不会接电话。而到那时他自己迫切的需求可能已经发泄出来了,心里空寂悲伤失落。

他走到门口,他的小房子看起来像是被什么掏空了,里面的空气凝滞,被筛得格外稀薄。阳光透过前窗照进来,他立刻拉上窗帘,制造出此刻还是凌晨的假象。他想在CD机上放音乐,但现在没什么音乐能让他开心,正如酒精也不能帮忙让他入睡。他觉得如果有地方想去,有明确的目的地,就能走上一百英里。他此刻什么都不怕,就怕这种感觉不会消失。他的心脏怀着对生活的强烈不满而跳动着,音乐还在耳边回荡,灯光还在眼前闪烁。他觉得仿佛被某种尖锐的认知之翼擦过,这是一种微妙而神秘的感受,几乎能与上一周的事情相提并论。他躺在沙发上,因无法抓住赋予他的机会而感到眩晕,充满挫败感,他昏昏沉沉的，但没有睡着。

不知过了多久，他听到有人在叩前门的门环，不由自主地去开门，感到骨头酸痛。他已经忘了在车上渴求的是什么，但一看到米克就记了起来，米克的样子像是已经回过家，洗了澡换了衣服，手上提着一袋吃的。

"我不进来，除非你保证去洗干净身上所有洞洞里的沙子。"米克说。

"我保证。"弗格斯说。

"马上去洗。"米克不依不饶。

"好。"

"我来做早餐。"米克说。

弗格斯故意把热水龙头开到最高，想要借此回到之前的兴奋状态。他洗过身子，刮了胡子，找了干净衣服，飞快地换了床上的床单和羽绒被。他下楼时餐桌已摆好，有热气腾腾的茶、炒鸡蛋、面包和橙汁。他们狼吞虎咽，什么都没说。

"我应该把晨报带来，"米克说，"虽然我也几乎看不了。"

弗格斯盘算着吃完饭后怎样才能尽快让米克去卧室。他朝他笑笑，又朝楼上点头示意。

"你准备好了？"他问。

"我觉得准备好了，但我还没转性呢，就一次，行吧？"

"这话你以前说过了。"

"我那次嗑药了,这次可是说真的。"

米克从口袋里拿出一个小塑料包,把桌布一掀,露出木头桌面。他用信用卡把海洛因弄成两条整齐的细线,又从口袋里拿出一张五十欧元纸钞。

"我们谁先来?"他咧嘴笑问。

暑期工作

老太太从威廉镇来。在孩子出生时,她让邻家姑娘在邮局里照管工作,自己在医院里和弗朗西丝坐在一起,开心地看着还在睡梦中的孩子,等他醒了,就温柔地抱着他。其他外孙出生时,她没这么做。

"他真可爱,弗朗西丝。"她郑重其事地说。

老太太对政治、宗教和时事新闻感兴趣,喜欢见比她知道更多、教育程度更高的人,爱读自传和神学书。弗朗西丝觉得,母亲对大多数事物都有兴趣,就是对小孩子没兴趣,除非他们病了或者某方面特别突出,而且她肯定不喜欢婴儿。她不知道这次母亲为何待了四天之久。

她知道母亲对待成年的子女总是小心谨慎,连最小的儿子比尔也一样。比尔仍然与她住在一起,经营农场。她很少问他们问题,从不干涉他们的生活。给小孩取名的时候,弗朗西丝看到母亲一言不发,但知道她正竖起耳朵听着,特别是丈夫吉姆在屋里的时候。

弗朗西丝一直等到深夜母亲离开之后,才开始和吉姆讨论孩子的名字。吉姆喜欢普通常用的,比如像他自己的名字，无论现在和将来都不会引起非议。于是她肯定如果她建议给孩子取名约翰，吉姆会同意的。

母亲听说后一脸欢欣鼓舞。弗朗西丝知道，母亲的父亲就叫约翰，但她取名时并没有想到新生儿要承袭他的名字。这与他毫无关系。她让母亲不要与吉姆说孩子的名字，希望老太太不要再说她是多么骄傲，就因为在这流行取新名，包括取电影明星和歌星名字的时代，这名字能在家族中传承下去。

"爱尔兰名字是最差的，弗朗西丝，"母亲说，"你都念不出来。"

约翰有了名字后，她母亲抱他就更热情了。她似乎很乐意一坐几小时不说话，摇着他，哄他。弗朗西丝能回家时很高兴，她更高兴的是，母亲说要回威廉镇小邮局，去看书，读每日的《爱尔兰时报》，看她特定的电视电台节目，以及和志同道合的人讨论时政。

约翰回家后，老太太就对他哥哥姐姐的生日上心了，她不再像以前一样寄张邮政汇票或生日卡片去，而是把邮政汇票带在包里，搭车亲自从威廉镇赶四十英里路，留下来用茶点。不管是谁的生日，所有的孩子都知道他们的外婆是来看约翰的。弗朗西丝注意到，老太太在他忙着玩耍或是坐在电视机前时，并不要去抱他，摇他，或者分散他的注意力。她等到他累了，想要什么东西时，才告诉他她一直守着他,站在他这一边。等到他四五岁,他经常和她通电话,盼着她来,她一来就黏着她,把学校作业、图画拿给她看,让父母允许他晚睡,这样就可以在沙发上睡在她身边,头枕在她腿上。

不久,比尔结婚了,老太太独自居家,开始每月一次星期天邀请弗朗西丝全家来家里吃午饭。她要外孙们在家里不闷着,建议比尔带他们去看当地的曲棍球赛和足球赛,或者知道他们和他们的姐妹可能想在电视上看。约翰七八岁时,他外婆会让比尔去接他来,于是他就能独自在星期六午饭前来,并留宿一夜。过不多久,他在外婆家里有了自己的卧室,还有靴子、呢外套、睡衣、书本和漫画。

弗朗西丝不确定他是从几岁开始,每个夏天到威廉镇过一个月,到了十二岁,他整个夏天都待在外婆家中,帮比尔干农活,还在邮局干活,晚上坐在她身边读书或是和她聊天,要不就是在外婆的鼓励下,和当地同龄的男孩出去玩。

"大家都喜欢约翰,"母亲对弗朗西丝说,"他遇到的每个人,不管老少都喜欢他。他总是有好玩的事说给大家听,他也是个很好的听众。"

弗朗西丝看着约翰与人相处应付裕如,从没人抱怨他,连他姐妹都没有。大多数时间,他很文静,做他该做的家务事,如果要钱或想晚归,他知道如何与父母协商。弗朗西丝知道他虽然性格拘谨，但是不太会犯错和判断失误。大多数事他都严肃对待。有几次，她想拿他与外婆的关系还有他在外婆家的特殊地位来开玩笑，他却没有笑，仿佛没听见。她说起她外婆邮局里几个可笑的顾客，说自从三十年前外婆在那里上班后，他们就从来没变过，约翰也不觉得好笑。

那些年里，春天刚至，她母亲就打电话来说，期待约翰的到来。

那年夏天，弗朗西丝开车送他去威廉镇。他们见了她母亲，她就和他上楼。她看到他的卧室贴着新墙纸，床也是新的。抽屉柜上面放着一摞刚刚熨烫过的衬衫、几条牛仔裤、刮胡膏、一把漂亮的新剃须刀，还有专用香皂。

"怪不得你要来这里，"她说，"我们家里对你不好啊。衬衫熨烫过！你的特别女朋友干的！"

她笑的时候没注意母亲就等在门外。下楼的时候，她发觉约翰和母亲都想她走，都很注意地不对她说的话做出回应。他们几乎流露敌意了，仿佛她没关农场的门，或是给顾客多找了零钱。她离开时，两人都没走到车边。

很快她得知母亲虽然将农场留给了比尔，但另外划出了一块地，让比尔在两头搭起球门柱，让约翰能在那里打曲棍球。约翰组织了一支当地球队，又找到了能打比赛的其他球队，于是几乎每天傍晚都在比赛或训练。观众也来了，弗朗西丝和吉姆有一天傍晚来看，但老太太自己身体衰弱，没法走小路去看约翰打球了。

弗朗西丝意识到，约翰现在有了一大圈朋友，傍晚有事可做，用母亲的话说，他不会厌倦听她唠叨了，这让母亲很欢喜。

一天傍晚，弗朗西丝去探望母亲，看到约翰打完球归来。他只是回来洗个澡，换套衣服，然后又冲出去了，看都不看他外婆。

"约翰，坐下来和我们聊聊。"弗朗西丝说。

"我要走了，妈，其他人在等我。"

他离开房间，随便朝外婆点点头。弗朗西丝瞅了她一眼，发现老太太微笑着。

"他晚些会回来的，"她说，"他进来时我就睡熟了。"

她咕哝着，好像这个想法让她心满意足。

八月下旬，约翰回家，他长高了，也更健壮了。他开始和校队打球，他在暑假锻炼出的中场技能，很快就得到公认。

弗朗西丝总是尽到做母亲的职责，前去观看她的其他孩子的体育活动，焦急地等着结束好回家。他们都不怎么在行，也不很喜欢运动，但约翰在冬春的每天傍晚都去训练，打球，想要加入郡里的少年队。

约翰在场上很显眼，因为他一般既不跑动也不擒抱，而是等着，不和其他人待在一起。不穿球号衣的约翰发现球朝他而来，就会用真正的勇敢和技术挡开擒抱，独自奔跑得分，或是准确判断距离，特意高掷出弧线球，击入球门。他父亲本就是个大惊小怪的人，这种时候更是无法自控。弗朗西丝分明看到她周围的观众都和他父母一样注意他。虽然那一季他没有入选小组，但有人告诉他，选拔者对他很有兴趣，正在关注他。

五月学期末，约翰不经意间提到，他和几个朋友填了镇上草莓厂的招聘申请，暑假几个月去工作。弗朗西丝起初没在意，后来一天他要她开车送他去镇上参加面试。

"这份工作要干多久？"她问。

"整个暑假，"他说，"至少干到八月。"

"那你外婆怎么办呢？"弗朗西丝问，"她昨天还在电话上说她盼着六月你到她那里去。我们两周前去那里时，你自己也听到了的。"

"为什么不等等看我是否能拿到这个工作呢？"

"如果你知道不能去工作，为什么还要去面试？"

"谁说我不能去工作？"

"她老了，约翰，她日子不长了。这个夏天就陪陪她吧，再以后如果不想去，我不会逼你去的。"

"谁说我不想去？"

她叹气。

"上帝保佑你未来的妻子。"

约翰叫他朋友带他去镇上面试，一周后，工厂经理来了通知，说他可以在六月第二周开始工作。约翰把信放在早餐桌上让大家看。弗朗西丝看了看，没说话。她等到他放学回来。

"你以前每年暑假都去的，现在她老了身体不行了，你不能说自己有更好的事要去做了。"

"我还没决定。"

"我决定让你去，就这么办。你假期一开始，就去威廉镇，现在就可以着手准备了。"

"那要我对球队怎么说？"

"说你九月会回来的。"

"如果我留下，就能进少年队了。"

"你整个暑假都可以在你外婆给你留出的地上打球，要知道这也许是她最后一个夏天了，她对你非常好的，你现在就可以整理行李了。"

开始几天，他对她不言不语，她知道他接受了安排，会去威廉镇。前几个月，弗朗西丝和母亲一起计划着给约翰弄一张实习驾照，拿了他的出生证、照片，伪造了他的签名，驾照拿到后还瞒着他。比尔要买新车，约翰的外婆就把他的旧车买下，准备夏天给约翰用，以后让他和哥哥姐姐开。

约翰在车里情绪低落，郁郁寡欢，弗朗西丝差点想把这事告诉他，但又忍住。他和其他人在一起不会这样沉默内向的，但她也不在意。她的任务就是把他扔在威廉镇，然后高高兴兴地开走，让他在那里待一个夏天。

她到达时看到母亲拄着拐杖。虽然她做过头发，穿了花哨裙子，但弗朗西丝一眼看出她病了。她母亲发现弗朗西丝在看她，就反抗似的瞪了回去，似乎告诫她不要提起她的健康状况。她全部精力都用来给约翰一个惊喜，先是拿出驾照，然后是车钥匙。

"比尔说你开得很好，"她说，"所以你可以开着这车到处转悠。车旧了，但很好开。"

约翰什么都没说，严肃地看了看弗朗西丝，又看了看外婆。

"你知道这回事吗？"他问弗朗西丝。

"就是我伪造签名的。"她说。

"但钱是我出的，"外婆插嘴，"他得知道这个。"

弗朗西丝从她的声音和神情看出她正在忍痛。她靠边站，约翰发动汽车，从外婆的房子开下小坡，然后掉头开回来。

"哦，他开得太棒了。"外婆说。

约翰从母亲车上拿了他的包。弗朗西丝离开时，他俩都还在欣赏约翰的新礼物。让弗朗西丝高兴的是,约翰没有对外婆流露出分毫他不想陪她整个夏天的意思,但当她开走朝他挥手时,他朝她投去的一瞥表明他很长时间都不会原谅她。

接下来的一个月,她听说了很多约翰开车的事,包括他驾车四十英里回镇上参加球赛,但都没回家看看。她听说,虽然他一直在打球,但还是没有被选进小组。她很高兴他去参加比赛了,这样的话,他没被选中的事就不能怪她了。

这是一个美丽的夏季。每年她和一群高尔夫俱乐部的女人都有一天去罗斯莱尔海滨,打一上午高尔夫球,然后在凯利酒店吃一顿悠长休闲的午餐。如果天气好,她们就在沙滩上消磨一下午。

她们用完第一道菜,她就看到约翰和她母亲在宾馆餐厅角落的桌边。他们离家六十英里。约翰背对着她,弗朗西丝知道母亲的视力很差,看不见她们。因为她的朋友都不认识她母亲,所以她决定不提此事,继续吃饭,也不去打搅儿子和他外婆。但是吃饭时她没法不注意到母亲的声音比餐厅里其他人都响,约翰的声音也很响,他得提高嗓门让老太太能听到。

她母亲放声大笑,弗朗西丝那群人中有一两个转头去看她。弗朗西丝看到约翰站起来,手里拿着他白色的亚麻餐巾，调皮地轻擦老太太的头，像在戏弄她一样，她笑到开始大声咳嗽，上气不接下气。约翰回到座位，她的喘气声让整个餐厅的人都看了过去，弗朗西丝那边窃窃私语。

约翰和外婆出去时看到了她，他们走过来时她对朋友们解释说，虽然她一直看到他们，但是想让这边的人安静吃完饭。她发觉好多人因为刚才的评论而面露尴尬。

"你们太吵了，"她对他们说，"我都假装跟你们没关系了。"

"我们出来玩呢，弗朗西丝。"她母亲说，她被介绍给桌上的人，一一与她们打招呼。约翰礼貌地点头，但站在后面没说话。

"离家这么远，"弗朗西丝说，"你们想搭船吗？"

"我们可以啊，"她母亲说，"为什么不呢？他是爱尔兰最好的司机。"

弗朗西丝看着母亲白底玫瑰花图案的夏裙，还有浅粉色的羊毛衫。她看出母亲化了妆，但样子有些紧张，她现在高高兴兴，反而让这紧张感透露出来，她不说话时也张着嘴，眼中有些呆滞。她们沉默了一会儿，母亲似乎发觉弗朗西丝在端详她的脸。

"好吧，看到你真是个惊喜。"弗朗西丝说，飞快地填补了沉默。

"我们到处都兜遍了，"母亲说，"现在要去基尔摩尔码头，上帝帮忙，我们不会再遇到其他认识的人了。对吗，约翰？我们是准备单独出来玩的，但遇到你还是很高兴的，弗朗西丝。"

约翰不自在地瞟了一眼母亲。他显然希望外婆不要说了。老太太吃力地拄着拐杖，转身要走时，对全桌人说："祝你们都和我一样幸运，年纪大了的时候能和我一样有个能帮忙的英俊外孙。"

弗朗西丝看到几个朋友在打量约翰，约翰低着头。

"一定是海边的空气让你状态这么好。"弗朗西丝说。

"是啊，弗朗西丝。"母亲又转向桌子，"是海边空气，还有好司机。不说了，你就会耽误我们。"

她最后说了再见，一手搀住约翰的胳膊，倚着他，另一只手拄着拐杖，慢慢地离开了酒店餐厅。

老太太冬天过世了，她撑过圣诞节，苟延残喘到新年。她努力地吃喝，直到垮下，什么都吃不了。在知道她来日不多的两三个星期中，她那些五十多岁的孩子们来来往往，还有一个从英国回家的当地护士，白天大部分时间守在屋里。

弗朗西丝带约翰去探望过她几次，每次旁边还有其他的哥哥姐姐。随着时日过去，她觉得也许他会想要和外婆单独待一会，但她不想说出来，免得他以为她在施加压力。但她确保只要他愿意，就能与外婆单独相处。而她每次去，都分明看到老太太在找约翰，在等他，但她也发觉约翰总是等到其他人一起进病房，外婆的目光转到他身上，他就有些局促不安。

她母亲在那几周里很害怕。虽然多年来她都在祈祷，读神学，虽然她是到了年纪，但她还是奋力想要把生命再延长几天。最后一周，她精神警惕，一直不消停，每时每刻身边都要有人。

她是在星期五晚上死的。大口喘息中间隔死一般的沉默，喘息渐止，沉默持续。房间里的人都不敢动，不敢对视彼此的目光，谁都不想率先开口。弗朗西丝静静地看着母亲不动了，所有的生命力都消散了。

在洗身平放之后，他们商量谁的疲劳程度是最轻的，谁最能够在老太太的遗体旁守夜。老太太的遗体要到星期天才会入殓，然后移送教堂。

星期六上午，弗朗西丝和她兄弟姐妹们认为应该由几个已经来参加葬礼的小辈在夜晚的烛光屋里守着遗体，一直守到星期天上午。

约翰穿着西装打着领带来到屋里，弗朗西丝和他一起上楼。她站在门口，他划了个十字，跪在外婆床前，起身时碰了碰她冰冷的双手和前额。弗朗西丝在楼梯平台等他。

"我们都累坏了，约翰，"她说，"准备让孩子们晚上陪她。我想你愿意的，就当和她说再见吧。"

"其他人呢？"约翰问。

"有几个也会陪她的，但他们都不及你和她亲近。"

他沉默了片刻,他们一起下楼。

"陪她?"他问。

"只有一晚上,约翰。"

"我做得还不够吗?"他问,他们已经走到了门厅。

弗朗西丝以为他要哭了。

"你和她非常亲密。"她说。

"我做得还不够吗?"他又问,"你回答我。"

他转身走到马路上。弗朗西丝透过窗子望着他,以为他要流眼泪,不想和她或者其他来吊唁的人待在一起。但当她看清站在外面的他的脸,发现他身上有种新的冷硬,神情异常坚决。她决定不和他争吵,也不管他,葬礼结束后再说。

她站在窗边,看他与一个邻居握手,他的表情和大人一样严肃正式。她不知道他在想什么。自从他出生就那么需要他的老太太躺在楼上刚刚辞世,弗朗西丝不知,她这一去对约翰来说是少了一个负担还是多了一桩他无法深思的损失。此刻她越是打量他,就越是不明白这两者有何区别。突然,约翰朝窗口瞥了一眼,看到她正望着他。他耸了耸肩,仿佛说他什么都不会泄露,她爱看他就尽管看吧。

长　冬

一

这些日子天黑下来时，风还和缓。米盖尔从卧室窗口往外望，父亲和霍尔迪沿着低处农田通往牲口棚的小道一路行来。他们都只穿着短袖，好像还是夏天一样。

"今年不会有冬天了。"昨天晚饭时，父亲说，"神父们宣布了，说是给我们的奖励，因为我们一直祈祷，而且对邻居很好。"

米盖尔强笑了一下，好让父亲高兴，这通常是霍尔迪的角色。但霍尔迪和他们母亲都一声不吭。霍尔迪现在很少开口，若是有人对他说话，他回话时也一动不动。星期六他要被送去拉苏镇[①]做一次特别的理发，下星期二就要去服役了。他要离开两年。

一周前最后一轮征召时，霍尔迪问过米盖尔，这事感受如何？坐卡车去莱里达[②]，领一套制服，像囚犯一样在军

[①] 拉苏镇，西班牙比利牛斯山山脚下的一个小镇。
[②] 莱里达，位于西班牙加泰罗尼亚自治区西部，是莱里达省的首府。后文的萨拉戈萨、马德里和巴亚多利德也都是西班牙城市。

营里住一晚,吃他们的伙食,再乘火车去萨拉戈萨,或者马德里、巴亚多利德,或者其他他们决定分配你去的地方。

"你已经描述得很清楚了。"米盖尔说。

"没错,但这是什么感觉呢?"霍尔迪问。

米盖尔耸了耸肩,迎向霍尔迪的目光,这事已没什么可说的了,没必要再去想,再去讨论。但不知不觉地,他让心思徜徉在自己穿军装那两年的种种细节上,可他看到霍尔迪害怕了,立刻回过神来。

霍尔迪待在家里的最后几天好像都在抚摸他的狗克鲁阿,要不就是和它一起玩耍。从那时起他就没和米盖尔说过话,但也不像是在生他气或是憋闷的样子。其实他明白既然他们不能轻松地谈论他眼前的磨难,那么就干脆别说话了。甚至在他们合住的屋子里,脱衣服准备关灯时,两人也一言不发。米盖尔很清楚,这间小屋子里的另一张单人床很快就会空了。他觉得母亲会拿掉床单,在弟弟离家这段时间里只留下空空的床垫。

与自己两年的服役联系起来的,是思乡之梦,而不是忧惧、饥饿和持续的不适。最初几个月,他在毒日下接受无用的训练,心想为何以前从未觉得他和家人在村子里的生活是那般美好珍贵。他梦到寒冷的清晨,父亲唤他起床和他一同坐吉普车去高地,羊群在那里放牧度夏。他梦到爱羊的霍尔迪犹豫着要不要和他们一起去。他梦到自己的床、熟悉的房间、早晚的声响、夏天窗边的猫头鹰、母亲夜间走动时地板的吱嘎声，还有冬天把牲口赶到棚舍里，村子的窄道上回荡着它们的叫声。

他每天都想着回去，盼着种种细节，在平凡未来的各种生活琐事——吉普车发动的声音、锯子的声音、猎人的枪声、犬吠声——说明他回去了，活下来了。他满心都是回家的舒心满足和自由，以至于从未想过快轮到霍尔迪了，他弟弟很快就要去经受理发的羞辱，站在寒风中等待卡车把他送去莱里达。米盖尔知道这对弟弟来说是多么糟糕，仿佛他有一部分脆弱而纯真之处也要随着头发一起被剃掉，只留下一张空荡荡的床。

前一周，母亲忙个不停。有时候米盖尔觉得她在厨房、长餐厅和储藏室里走来走去，似乎在找什么。他刚从部队回来母亲偶尔会焦躁不安，他回来后不久就留意到了。他觉得自己在外那段时间不是这样，因为霍尔迪没对他提过，现在霍尔迪心事重重，也注意不到这个。

她的焦虑症状时好时坏，像是被天气控制了似的。霍尔迪准备走的那些天，她紧张焦虑的表现更厉害了，米盖尔觉得她是和他们生活在一起的一只奇怪而饥饿的动物，几乎没法煮饭，也不能收拾桌子，没法喂她的母鸡、兔子和鹅。他想她为何对霍尔迪的离家如此不安，他走之前那段时间她不是这样。

不过此刻她静坐在餐桌前，他们正在用早餐，即将去拉苏镇。她穿着好衣服，紧张，一言不发，但比前几周冷静些了。

他坐在吉普车的后座，霍尔迪坐在身边，父母坐在前排，像是要把霍尔迪卖给屠宰场。他想，他是因为回家而满怀欣喜，便没有去争论这个。吉普车上路后，开在熟悉的土地上，好几次他自欺地想，这只是在市集日去拉苏镇的普通旅程罢了，拿着几篮子鸡蛋去卖，再买回一大堆东西，但霍尔迪的离开再次隐隐地击中了他，旧日的恐惧又回来了。

父亲要陪霍尔迪去理发店，店主是出了名的不苟言笑，据说是个共产党，战后坐过多年的牢。所以可以确定的是，他在按照军规给霍尔迪理发时不会开玩笑，也不会兴高采烈，冷嘲热讽。他会一直保持沉郁的口气，尽可能地维护霍尔迪的自尊。

那天他们没有鸡蛋和家禽去卖，但要买些生活用品。他们还要买蔬菜，因为自家菜园已经好几周几乎没长出东西了。米盖尔和母亲各自提了两个购物篮，没在理发店停留，而是约好一小时后在市场里与霍尔迪、父亲碰头。

他们分开后，母亲步子就轻快起来，一头扎入市场，好像很快活。她热情地和一群摊主熟稔地打招呼，自豪地对人宣称自己今天没什么要卖的，只是来买东西，其中一个妇人回话说如果更多的人这样，所有摊主都要发财了，她听了大笑起来。

接着她走开了，让他等她，她有些东西要买，说不会花费很长时间。她走得突然,像是觉得要再多留片刻,他就会和她争执似的。他看着她提着篮子,从两个摊位间闪了过去。

他倒希望她给他点事儿干。他能轻松地去买油,或是订煤气罐,那么等他们傍晚开车过来就可以准备停当。卖花的摊位是市场里唯一没人排队的,但他看到两个卖花的女人看起来心满意足。他心想谁有闲钱买花呢。

他等着等着,就累了,厌烦了。他想母亲是去了肉铺或是禽肉店,那里一直队伍很长,或是去了药房买很私人的物品。片刻后,他像母亲刚才那样,穿过两个摊位,走到另一侧,以为能找到她,可以和她一起排队。如果看到她在药房,他就等在外头。想到排长队站在她身旁,帮她提包,他就心情愉快。她和别人打交道的方式,比如陌生人或店员,都带有一种大众亲和力,他很喜欢和她待在一起时,她朝人微笑,略加评论,这点几乎让他感到自豪。

她没在肉铺长长的队伍里。他正准备沿着街道去禽肉店,突然在一家酒吧的平板玻璃窗后看到她的背影,他之前从未注意过这家酒吧。他想敲敲窗,希望她转身朝他一笑,但酒吧店主的表情阻止了他。米盖尔望着店主数出几枚硬币,走到酒吧后面的一排酒瓶那里,在一个通常是用来盛水的大玻璃杯里倒了一种稀薄的浅黄色的液体,像是绿茶或淡色雪莉酒,然后端去给米盖尔的母亲。他估计是菲诺酒,或是一种廉价葡萄酒,或是麝香葡萄酒。他看到她抓住杯子，两大口就喝完了。他转身离开前，又看到她身边的柜台上还有两只空杯子，就是她刚才喝的那种大玻璃杯。他迅速返回刚才她离开他的地方，她不久就找来了，双颊泛红，两眼放光。他们开始了一天的采购。

他知道自己看到了什么，明白了她为何先前会独自离去，让他等着。他很清楚她开始买东西时为何会那么开心，一副无忧无虑的样子。他又意识到，自己隐约知道这一点已经有一段时间了，她嘴中的气味，变幻的情绪，浮躁不安，都足以证实一些事情，但他一直不允许自己把这词给说出来。她灌下那杯酒的样子，就像一个口渴的人喝水一样。另两杯酒她也一定是这么喝的。没有其他解释了。他寻思着，如果对她来说这个量够了，那么这样喝葡萄酒或是雪莉酒或别的什么酒，能支撑她多久呢？她是否很快就要喝更多，或更烈的？他想父亲是否知道这事，霍尔迪又是否知道。他觉得父亲应该是知道的，因为他俩每天睡一张床，他熟知她每一种情绪和动作。他不确定母亲喝酒的程度，也许只是发生在拉苏镇的早市吧？然而他不这么想。如果情况很糟，而且长期持续的话，那么不提这事，装作什么都不知道，把这事当成这世上的一件趣事放在心里，倒还真是他父亲的做法。

他们买好蔬菜，走出面包店后，母亲和他说话，但他发觉她刻意地把头转开，以免他闻到她嘴里的气味。

"你去部队后，"她说，"我以为你再也回不来了，但其实那段时间很短。看来霍尔迪也会很快回来的。"

他们在肉铺前排队,就是他之前以为会找到她的地方。虽然才过去一刻钟,一切都变了。他听着她的声音,看着她的动作,又有了新的疑虑。他想,也许自己下结论过早,也许那只是这星期她仅喝的几杯而已。他觉得她住在一个没有酒吧,没有商店,除了恶邻和漫长的冬天之外一无所有的村子,确实会向往那些东西的。

他母亲认识肉铺的老板娘,以前经常卖兔子给她。她对老板娘说霍尔迪要入伍,老板娘和周围的女人都表示同情,注意到米盖尔后,又笑着对她说,有这孩子真是好福气,又高大又英俊。老板娘说,如果他不很快结婚,她就更有福气了。另一个女人插嘴说,她有个年龄相当的女儿,他们很般配。米盖尔笑着说自己没时间考虑这事,霍尔迪要走,他事情太多。

他们和霍尔迪碰面时,他戴着一顶帽子。他朝米盖尔咧嘴一笑,揽住他肩膀。他们和父母一起走过一排卖乳酪和橄榄的店铺,来到车站附近的小酒吧,买了三明治和饮料。

"你总归要拿掉帽子的。"米盖尔说。

"我会戴到最后一分钟。"霍尔迪说。

他们安静地吃着,父亲的评论偶尔打破沉默。他大多是在自言自语,说客人,说服务很慢,说东西的价钱,还有共产党的理发。米盖尔不想搭腔,而且诧异地发现霍尔迪也是这个态度。他想，在自己离家那段时间里，父亲对各种人事的评论是他唯一不想念的，可是霍尔迪性格更柔和、更乐意去制造和谐气氛。米盖尔知道，他离开他们后，会立刻开始思念所有这一切。他看着母亲快活地环视周围，一边喝着一杯水。

之后他们分开了，母亲单独去买家居用品，男人们去买煤气罐，再去看看他们父亲早先在一家商店橱窗中见过的锯子。米盖尔肯定父亲并不需要一把新锯子，但他需要有东西来转移注意力，这种愿望或许比他们任何一人都迫切。米盖尔瞧着他，他显出一副诚恳又有钱的模样，吸引了店员的全部注意力，他们把锯子从橱窗里拿下来。他看着父亲要了一段木头来测试锯子，木头送来之前父亲不耐烦地站着，满脸专业锯匠的神气。他拿到木头，跪下来使锯子，不时朝店员和他的两个儿子皱眉头。米盖尔发现，他想证明锯子不够锋利时，已经吸引了一小群旁观者，但他视若无睹。他干得满意了，才站起来，掸了掸两手的木屑。

他们开车去接母亲，米盖尔和霍尔迪下车帮她提袋子。她告诉他们油还没买到，说这周内会送到。父亲提议去另一家店买，她说不行，都已经付钱了。她说，这是最好的油，最划算的价格，店主已经信誓旦旦说几天内会到货。米盖尔发觉她说话时有些失态，过多解释那油的事。父亲已经开车出了镇子，说杂货店没油就像冬天不下雪一样，不正常。他大笑着自言自语说，太不正常了。

霍尔迪还有两天时间和他们在一起。当晚，他们去卧室，照常默默地收拾床铺，米盖尔为了记个清楚，把一切都看在眼底。门一关，他们单独在房间里了，地板发出嘎吱声，小房间里的空间一人一块，他们不会在脱衣服时碍着别人，还有他们柔和的影子投在墙上。霍尔迪的动作比往常慢，米盖尔注意到他似乎是第一次这样，而且叠东西也比往常整齐。霍尔迪把睡衣整整齐齐地叠放在枕下。在部队某个大营的长铺上，这习惯很能被人取笑。

他看着霍尔迪背对着他，安静地脱下毛衣套衫，放在抽屉柜顶上，准备明早再穿。米盖尔通常比弟弟先上床。他特意不去看霍尔迪换睡衣，而是枕着双手，盯着天花板，对各种事情发表意见，很大程度上像他父亲的腔调，有时模仿父亲整日无害的唠叨，霍尔迪则诧然而笑。

熟悉的日子即将结束。霍尔迪最终会回来，但之后也会去找工作，开始他自己的生活。房产和土地会留给米盖尔，正如父亲也是从他父亲那里继承了房子和土地。这样的夜晚不会再有。他发觉，有些人爱变化，渴望新婚之夜，喜欢新事物和分居，搬进新居，做出重大决定。他母亲一定曾在夜里躺在山上老家的村子里，想到这是自己在那里的最后一晚。父亲一定目睹过兄弟一个个离开。米盖尔知道自己对变化毫无兴趣，他想要事物一成不变。等到他把这些事儿想清楚，开始迷惑于各种含义时，霍尔迪已经睡着了。米盖尔能想象他天真白皙的脸，剪成板寸的黑发，能听到他平静的呼吸声。他几乎想要抚摸他，想走到他身边，手轻轻地抚在他脸上。

次日，母亲一直在厨房忙碌，给一家四口准备晚餐，做了霍尔迪喜欢的色拉兔肉、胡萝卜和洋葱的砂锅，主餐是一只烤填鹅。米盖尔进出厨房，擦过正在忙碌的母亲，他找工作台旁边有没有酒瓶，或者她旁边有没有葡萄酒或白兰地，但他什么都没找到。

那天晚上，她在那张很好的老餐桌上铺了白餐布，布置得好像她哥嫂从山那头的帕罗萨过来拜访，又好像丈夫的某个兄弟从莱里达来了。傍晚的时候，米盖尔看到有瓶白葡萄酒开了，他以为她是用来烧菜的，但现在一看，酒已没了。

母亲梳了头发，穿上新衣，父亲穿着西装和白衬衫。米盖尔想，如果有一两位邻居来拜访，或者被请来共进晚餐，气氛会轻松些，但这种事多年来村里已发生太多，所有邻居都会知道霍尔迪何时离开，但不会有人提起。自从那次争水事件后，就有了一种沉重的沉默，这事也会参与到沉默之中。他们会独自吃饭。

有这样的一些夜晚，他看到年轻的父母，父亲专心致志，满怀爱意地点燃蜡烛，分发食物，倒葡萄酒，母亲有空谈谈自己的母亲，她在各种场合做的食物，别人对她的评价，还有老村里的聚会，他们在那里的好邻居。她说这些时小心翼翼，不流露出是在批评她在这里的生活，在这里，他们的庆祝活动比以往多得多。

二

霍尔迪离开后的一天早晨，米盖尔悄悄地溜进厨房，惊讶地看到母亲从一个杯子里大口喝东西。她匆忙放下杯子。他想靠近她看看是否能从她嘴里闻出些什么，但她似乎故意离他远远的，飞快地去了兔舍和鸡舍。她一走，他就找到了杯子。杯子是空的，但残味是一种烈酒。那天早晨他闻到的这股刺鼻味道有种腐臭感。他把杯子放回原先的地方，以免她突然回来。

起初几天，母亲让霍尔迪的床原封不动，只有枕头下折叠好的睡衣不见了。等她拿走床上的床单和毯子，只剩光秃秃的枕头和床垫时，米盖尔害怕夜晚上楼去卧室了。刚开始，他多次试图忘记霍尔迪已经走了，觉得夜里听到他的呼吸声。还有一天早晨，他刚听到声响，就不由自主地望向弟弟的床，想看看霍尔迪是不是醒了。

这些天仍然没有下雨，阳光也暖和，父亲说他们应该忙活起来，修补牲口棚的一面墙，说这活他们总是只想不干，再等下去牲口棚要变成一堆破瓦，羊群会在野地里被寒风冻得整夜打颤。他提到了一个邻居卡斯特雷特，此人的懒惰一直被津津乐道。如果我们不修牲口棚，就会落得卡斯特雷特的下场。父亲说出这个名字，仿佛很开心，乐呵呵地安然一笑，这方式米盖尔再熟悉不过。

这活累人，要把沉重的石头搬下来换掉，还要竖起支柱，把石板拿下来。父亲曾干过石块切割工，他重新砌上石块，又从附近村子毁坏的牲口棚主人那里买了石料，千辛万苦地运回来切割。他渐渐显示出是想重砌牲口棚的一整堵墙，里层用便宜的砖，外层用石头。搬运的工作全是米盖尔在做。父亲找了个有阳光的地方，凿石，切割，磨平。每次米盖尔推着满载的推车经过他身旁，或是给他新的石头，他都有话说，要么评论邻居的习惯，要么说砖头质量差，要么说石头耐用，要么说牧羊季节短暂，还说可能午饭已经做好在等他们了，霍尔迪现在在哪里，他们何时才能得知他的消息等等。

下午两点后，太阳隐到山后，气温转为严寒，他们知道，虽然白天阳光明媚，但现在已经是冬天了。米盖尔想说服父亲，除开日常的饲养牲口和食料活，他们不该在午后工作，但父亲坚持说每天多干一小时，就会大变样。不过下午他们开工后，总是过了没多久，米盖尔就站在父亲面前汇报说已经搬好了当天最后一块石头，父亲总是点头微笑。

有一天，米盖尔下午回屋比平时早，看到母亲坐在厨房餐桌旁，他进去时她没抬头。她通常下午会坐下来喝一杯热可可，但他知道，她不喜欢一直坐到晚饭后，而是更喜欢整天走来走去，做饭，洗衣，照料她的母鸡、兔子和鹅。他起初装作没看到她，从水龙头接了一杯水，转身却发现她双手环抱，身子前摇后晃的。他问她有没有事，她都没看他一眼。

"叫你父亲来。"她说。

米盖尔带父亲回来时，她还在摇晃，仿佛这是唯一的法子来防止痛苦还是别的什么将她压倒。她没抬眼。

"怎么了？"父亲问。

"你知道是怎么了。"她平静地说，父亲想去碰她，她缩了缩。

"是你们两人干的，还是就你干的？"她问。

"就我干的。"父亲说。

"你做了什么？"米盖尔问。

"倒掉了刚送到的葡萄酒罐子，都倒空了。"她说。

"我没看到有葡萄酒。"米盖尔说。

"你不好把那个叫做葡萄酒，"父亲说，"那是强酸。你没看到是因为被她藏起来了。我在下面牲口棚的顶层上把这事看得一清二楚，用你从部队带回来的望远镜。他们说是来送油的，不过是借口。"

"你在监视我。"母亲说。

"然后你做了什么？"米盖尔问父亲。

"我下去了，"父亲说，"他们一走，我就倒了，统统倒了。把罐子放回原处，不过里面的毒药是没了。"

"你对毒药很清楚嘛。"她说。

她突如其来的愤怒和尖锐,让米盖尔感到惊讶。

"我是得跟你睡觉的人,"父亲说,"你睡觉时,那东西的味道在腐蚀你。"

母亲还在前后摇晃,好像他们不在那里似的。他们站在她近旁,米盖尔看到父亲脸上的神情既抱歉又紧张,还有担心,米盖尔觉得那意味着他说了太多,准备对她柔和一些。

"我后悔,"母亲静静地说,"认识你们。"她的语调斩钉截铁。

米盖尔的父亲莫名地看着她。

"我们?"

"我就是这么说的,你没听见吗?"

"你指的是谁?"

"我指的是这屋子里的人。"

"谁?让我们知道你指的是谁。"

"我是说每个人,尤其是你。"她又用了淡然的语气,"我说的就是你们。"

"好吧,那么跟你说话没意义了,是吧?"他问。

"你会把扔掉的东西放回来吗?"她问。

"不会。"

"好,那就到此为止。"她说着哭了起来。

父亲离开屋子后,米盖尔不知自己该不该留下。他透过窗子望着父亲走向他们在修理的牲口棚。米盖尔听着母亲越哭越响，越来越失去控制。他走过去，把手放在她肩上。她慢慢地把手伸过来，握住他的一根手指，抚摸着，接着把他整只手拉过去握着。她停止了哭泣，但依旧轻轻地前后摇晃。

三

母亲不动，不吃东西。米盖尔生了火，又放了些柴火，把火烧旺，建议她到火边坐。她随他把自己领到那里，扶自己坐下，好像她是盲人或者没有意志似的。她非说自己不饿。要是问她是否想喝点什么，未免听着像在嘲讽她买酒，于是他没问。

米盖尔和父亲坐在桌前，喝前一天的剩汤，然后吃了些火腿、番茄和面包。他们通常不这样吃饭，但谁都没多言，也没抱怨。米盖尔去睡觉时在楼梯平台碰到父亲，悄悄建议父亲说，明天一早去拉苏镇，给她买些葡萄酒回来，比杂货店送来的更好。并且告诉她，如果她愿意，可以与他们同去。父亲用手臂揽住他，回答说："不要，就这样吧。你离开那段时间，我们已经这么做过了。她应该彻底戒掉，几个月前医生就是这么说的，停下来的唯一法子就是停下来。现在她没酒喝了，就会停下来。这样最好，几天后她就没事了。"

"她喝了多久了?"米盖尔问。

"有几年了。"

"我们怎么从来没留意到?"

"我们都留意到了。"父亲说。

"霍尔迪没有。"米盖尔回答。

"他留意到了,孩子,他留意到了。"父亲说。

他下楼时,父亲跟着他,他们看到母亲仍然坐在壁炉前。她在发抖,仿佛是冻着了一样。米盖尔离开他们,去睡觉了。

他关了灯躺在床上,听着楼下模糊的动静,想起他刚从部队回来时,霍尔迪与他一块儿在屋里就大变了样。在那之前,他们在彼此面前脱衣是无拘无束的,但现在米盖尔进来,霍尔迪就遮住自己,或是尴尬地坐在床沿,脱下短裤,换上睡裤,动作小心翼翼,好像房中有个女人。霍尔迪和父亲花了一段时间才习惯他的归来,掩饰其实他们已习惯他不在身边的事实,霍尔迪不情愿地把原本归哥哥干的活交回去。于是,他们就没告诉他,母亲在他离开的时候,成了无可救药的酗酒者。在保守秘密这个问题上,他们把他当成陌生人。

夜里他听到楼下传来动静。父亲的声音很平静,母亲的声音却很响,夹杂着啜泣。终于他们都睡了,安静了一段时间,后来他听到地板的吱嘎声,有人又下楼了,随即另一个也跟了下去,声音又响了起来。他知道自己睡不着了，反正霍尔迪不在另一张床上，本来也难以入眠。那头没有声音，这让他很难睡着，没有呼噜声和有节奏的呼吸声，也没有翻身的声音，这似乎比风声更让他难受。风向好像变了，傍晚前几小时，还是猛烈的北风在摇撼窗子。

早晨他在厨房看到父亲。他估摸着母亲应该还在床上。父亲对着厨房水池上方的小镜子开始刮胡子，动作缓慢专心。

"我们去拉苏镇，买她要的东西吧？"米盖尔问。

父亲没回答。

"把扔掉的东西补回来。"他提高了嗓门。

"不行，"父亲说，从镜子里对上了米盖尔的目光，"她总有一天要戒掉，最好的那天就是今天。再说，她还在睡觉。"

他继续刮胡子，动作更慢更仔细了，好像这事比他儿子要提的任何事都急迫。米盖尔找到了面包，涂了油、番茄酱和盐，又找到一大块奶酪，切下一片。他饿了，狼吞虎咽，吃完后去鸡舍捡鸡蛋，走过父亲身边，父亲没说话。

一到遮阴处，他就发觉天气很冷，鸡舍前篱笆围起来的那块地里的水已经结冰。天是蓝的，但不是前几天那种安稳平静的蓝，更像是风把云吹散后露出的生硬的蓝天。他朝下眺望牲口棚，看到父亲已在太阳下找了块遮阴地。米盖尔也过去，整个上午他们慢慢地用石头砌牲口棚的新墙。

午饭前他们去查看羊群,从牲口棚的上层送饲料下去。他们不太确定时间,但喂完羊后,米盖尔诧异母亲还没有叫他们去吃饭。他想起之前的事,寻思她是否还躺在床上,还是因为心情不好,不愿给他们做饭。

他们回到屋里,他就知道她没进过厨房,东西都没动过,也没清理。他发现克鲁阿还没喂过。父亲上楼,接着下来说她不在卧室。他们找遍屋子、牲口棚和室外棚屋等处后,米盖尔知道她走了。他们整个上午把她扔下,既没进屋去喝杯水,也没去关照她的情绪,如今看来就像是请她离开似的。他们又找了一遍,还是没找到,米盖尔开始想她可能去了哪里,又是怎么走的。她不可能去邻居家待着,如果她走到人家门口,村里没有一户人家知道该怎么办。她已经好些年没去邻居家了。村外没有交通,公交车只有十或十一公里之外的主路上才有,而且班次还没个准。如果她步行去拉苏镇,没人会停下来搭载她,除非刚好有生客经过此地,但这可能性不大。

总之,她离开他们了。父亲说去牲口棚里找找,米盖尔只是摇头。母亲如果去了牲口棚,必然会经过他们身边,除了他们去查看羊群那一小会儿,即使是那一会儿,他们也该看到她。她的大衣不见了,好的围巾和靴子也不见了。虽然米盖尔给父亲看了两次原来挂大衣和摆靴子的地方,父亲还是一次次上楼去找她,去阁楼,去储藏间,去下面的牲口棚。米盖尔坐在桌旁,让父亲尽情去找,知道他最终会回来坐在这里,商量现在该怎么办。

村里还有十或十二户人家。无论发生什么事都会被人看到,老人们坐在窗边看,少数几个年轻人在地里或牲口棚里,女人们在做家务,不时看看外面的天气。这些家庭都没有孩子,绝大多数年轻人逃到城市或大城镇去了,米盖尔和霍尔迪是留在这里的最年轻的两位。他们从小到大就没依靠过周围的人,近些年父亲和村里人的矛盾愈演愈烈,他们与村民几乎断了联系。父亲曾指责三户人家在夏天引水,他去了特伦普,拿证据告他们,而其他人家虽然被偷了水,却为他们说话。法官判了罚款,受罚的人家对父亲主动背叛他们的感觉还记忆犹新。而父亲如果能让某个儿子听他说话,就把邻居们称作骗子和小偷,并从中得到快感。邻居们则每天默然地经过他身旁。

现在他和米盖尔不得不挨家挨户地走,他们寻找母亲,无异于承认家里出了事。米盖尔意识到,他们都不确定邻居们会不会把看到的告诉他们,但这是他们唯一的法子。于是父亲搜索完毕后,他们就穿上大衣出发,小心翼翼地从最近的邻居开始问,免得有人会觉得他们在村里还有朋友或关系特别好的人家。

劳尔家的马特挺着肚子,慢腾腾地走到门口。他是交罚款的数人之一。米盖尔的父亲一开口,他就流露出厌恶的眼神,像是什么都没听懂。他端详着他们的脸,慢悠悠地开始回忆自己看到了什么。起初米盖尔觉得无论马特有没有见到母亲,他的话都没用,问题是如何才能最快离开他家门口。米盖尔推了推父亲,把头朝下一户人家点了点,但父亲站在那里,靠着门框等着。马特清清嗓子,父亲既没有重复问题,也没有说别的话。马特的房子距离他们最近,米盖尔觉得马特可能整天都没离开。他的窗口视野很好,无论她朝哪个方向走,他都能看到。

他们站在门口,天空突然暗下来,头顶出现压得低低的厚重阴云。天光转为暗紫色,风也停了。米盖尔一颤,他知道这意味着要下雪,这将是今年第一场雪,虽然来得迟,但在这样的冷天里会特别严酷。

"我是看到她走了,"马特说,"但没见回来。"

"哪个方向?"米盖尔父亲问。

"她朝考尔德尔苏方向走了。"

"但那里没什么地方可去啊。"父亲说。

马特点头。

米盖尔立刻感到,这条路是去帕罗萨的,母亲的哥哥还住在老家的房子里,到那里要四五个小时。

"你多久前看到她的?"父亲问。

"她走了有几小时了。"马特说。

"什么?三小时还是四小时?"

"嗯,三小时或四小时,要么是三小时多。"

天色愈加阴暗,雪花缓缓飘落。雪花很厚,米盖尔伸手去试，雪落在手背没有即刻融化。他知道吉普车能从窄道上开到圣马格达莱娜的小教堂，或许还能沿着军路开到考尔德尔苏，但他想之后母亲就只能从老路和小径去帕罗萨了，那里吉普车开不上，外地人找都找不到。连走三四个小时，她还在军路上的可能性不大。比较可能的是她已经到了考尔德尔苏，开始走更陡峭的小径了，他知道他们得赶紧冲向吉普车，尽快开上蜿蜒小路，去他们夏季放牧羊群的高地，一到冬天那个区域杳无人迹。

"你们现在走不远。"他们离开马特房门时，马特说。

"你确定她从这条路走的吗？"米盖尔回身对他大声说。

"问问别人，我们都看到她了。"

他们快步走回家。父亲把车子掉头时，米盖尔跑进屋里拿了望远镜。

"你拿这个做什么？"父亲问。

米盖尔看着放在膝头的望远镜。

"我不知道……我想……"

"我们没时间想了。"父亲说。

他们开出村子，驶上窄道。雨刷开到最快，但雪还是阻挡他们的视线，吉普车的车灯照见白茫茫一片。即使她在路上朝他们走来，即使张开双臂，他们也看不到她。米盖尔知道，父亲一定清楚，他们这趟是希望不大的。米盖尔想，他们只能指望她在马特说的时间之后离开。他想了想，又觉得她可能走得慢，可能在某处回转了，接着他又考虑另一种可能——她走得很快,甚至在马特说的时间之前就离开了,快到帕罗萨了,正在老路上尽力地蹒跚而行。慢慢地,小心地走,留神每一步。米盖尔想,那是她熟悉的地区,不太会犯错误。但他不能肯定。也许下坡的路已全看不到了,每一步都危险。

车子开始摇摆滑动,父亲吃力地开着车。他们看到雪虽然没有猛击挡风窗,但下得纷纷扬扬,在前方道路上堆积起来,片刻后,他们就在一张厚厚的雪毯上驾驶了。不多久,就能看出他们的路迟早会堵塞,连回去也是不可能了。

米盖尔知道他应该提出停车回去,再往前开可能毫无意义,甚至会有危险。但他也知道,如果掉头回家,他们面对的将是极度的空虚,不知道母亲在哪里,前头是漫长的黑夜。

前方出现一小片空地,父亲一言不发,掉头回转,米盖尔觉得他以为雪下面是平地,但雪只是盖平了道路和路肩之间的一条深沟而已,一只前轮陷了进去。父亲咒骂起来,米盖尔下车去看能否把车弄回路上。他看到车轮像掉进水里的蜘蛛,疯狂地旋转。最后,他们只能尽可能地找了些石块,又在后备厢里拿了块短木板,把这些垫在车轮下。他们围着车子忙乱,雪大得什么都看不清。他背过身避开扑面而来的雪,发现雪花四面八方飞旋,仿佛四股风在互相斗争。车轮踩实后,他们开始推车,使劲把它推回路上，但四轮都陷在雪里，没那么容易动弹。米盖尔估计他们距离村子有半小时的路程，在雪里走的话也许更久。父亲又一次大力发动引擎想开动车子。米盖尔觉得母亲已经避过了最恶劣的天气，此刻正轻轻敲着她哥哥的房门，她是在那屋子出生的。他们喜欢她在那屋里，会欢迎她，到了早晨，他们会设法送个口信说她安然无恙。

父亲再次猛踩油门，他又用力抬了一下。吉普车往旁边一滑，四轮上了路面，但车头还是对着村子相反的方向。父亲喊他上车，自己设法掉头。他上了空挡，让车子在安全的前提下缓缓朝前挪动，然后拉起手刹，再打到倒车挡。他放下手刹，慢慢加速。起初车子不动，接着后轮开始在雪里转动，父亲又猛踩油门，车轮迅速后退，在路上滑行。现在基本上是朝着村子方向，可以回去了。他们艰难地穿过路上的积雪，车窗上厚重的雪花，雨刷扫去一层，又落一层。

回家后，他们商量了各种可能性，她能走多快，什么时间离开，路上要多久才能找到去帕罗萨的老路。即使在夏天，那路也不好走，有些地方没法走，只能爬下去。米盖尔说，雪落下来时，她可能回转。她知道如此一场暴风雪能有多危险。即使下雪时她已快到帕罗萨了，她也会想到在平路上比在下坡路上更安全，虽然在雪里跋涉要几个小时，但那也是最明智的做法。

"如果我们去拉苏镇，"米盖尔说，"就能请那里的警察查出她是否到了帕罗萨。我们可以报告她失踪。"

父亲叹了口气。

"我知道她在某个地方还活着。"他说。

米盖尔没有回答他。

响起敲门声时,他一瞬间以为他们的麻烦结束了,她回来了。接着意识到她不会敲自家的门。不管敲门的是谁,都还站在门外,或许他们已经找到她,或者知道她在何处。父亲走到门廊开门,米盖尔看到是约瑟·伯纳特夫妇。他知道自从那场官司后,他们再没造访过这里。

"我们看到她走的,"约瑟说,"我们觉得那时间出门很奇怪。她带着一个袋子。"

"一个购物袋。"他妻子补充说。

"我们注意到这个,是因为她走的不是去店铺的路。"

"我觉得她是回帕罗萨了。"米盖尔父亲说。

"你不能开车送她去那里吗?"约瑟问。

父亲又叹气,米盖尔走到窗边,看到鹅毛大雪还在下。客人们还站着,没人请他们脱掉外套,也没送上点心饮料。米盖尔感到约瑟后悔问了最后那个问题。父亲转过身后,他迟疑地向邻居笑了一下。

"我们可以向拉苏镇的警察报告她失踪。"米盖尔说。

"现在道路很可能不通了,到那里的电话线路也可能断了,"约瑟说,"晚些情况会更糟,因为开始结冰了。我希望他们明早能开通道路。"

"你记得她何时离开的?"米盖尔问。

"她来不及在下雪前到帕罗萨。"约瑟说。

"开始下雪时她可能折返了。"米盖尔说。

"暴风雪里很难辨清方向。"约瑟说。

"别说了!"米盖尔父亲说。

"我们要说的是,天亮后男人们都会去找她,"约瑟妻子说,"天一亮就去。但他们现在无法找她。雪还会下得更大,他们没法顶着暴风雪出去。"

"那么,她完了。"米盖尔父亲说着,坐下叹气,"没人能在露天坚持一夜,她会冻死的。"

"这不一定。"约瑟说。

"那我们明早再说吧,"米盖尔父亲说,"我们可以请警察查一下她是否到了帕罗萨。"

约瑟·伯纳特夫妇离开后,米盖尔和父亲一起望着他们在雪中步履艰难地前行。然后米盖尔出去检查鸡舍是否有足够的饲料,同时捡了鸡蛋,又喂了兔子,关好兔棚。他在门口给饥肠辘辘的克鲁阿一些剩菜。父亲默默坐在桌前,他煎了六个蛋,油溅到了炉具的瓷砖上,他母亲从来不会这样。他切了一些不新鲜的面包,取了盐和油,还有留在桌上的半只番茄。他用碟子装了三只煎蛋给父亲,三只给自己。他们默默吃饭时,米盖尔一次次想,这或许不是真事,只是个长梦,他很快就会醒来,或者这个场景会毫无预兆地改变,只要一声敲门,或是一辆吉普停到门口,或是她紧张微笑的脸出现在窗口,他们吃到一半,都会起身迎接她。

早晨,他被楼梯上和楼下的靴子声,还有人声弄醒了。他在寒冷的卧室里飞快地穿好衣服,拉开百叶窗,只见天地间晃眼的纯白。他下楼看到五六个村民在那,其中一个带来了一壶咖啡和白兰地。他发现父亲在这群人中间有些畏畏缩缩。他想到迄今为止,几乎没见过其他男人进过这间厨房,他舅舅来过几次,还有邮递员,或是来卖东西和修东西的人,但他们不知怎么总是待在暗处。而这群天亮过来准备搜索的人现在占据了屋子的中心,他们自信,粗鲁,目光锐利。

门口台阶上,他们带来的几只狗在等着。外面寒冷彻骨,雪还在下,晚上积了齐膝深的雪,他觉得这种情况下不会有进展。邻居们都认为他母亲在下雪前已经走了三个多小时,无论她是倒下了还是找到了藏身处,都不太可能是在附近。雪覆盖了她所有的踪迹,空气也大概太冷,狗没法嗅到她的气味。他们唯一的希望是她行动够快,或是在路上找到了同伴,在天彻底变黑,雪积得不深之前依靠帮助到达她哥哥家。

这群人做出决定之后,在雪地里慢慢前进。米盖尔觉得,他们与他一样,都明白搜索无济于事,在无情的大雪覆盖下,连遗体都别想找到,这种情况,就算是走到考尔德尔苏也不可能。他知道,他们这么做是因为不能什么都不做，即使他们讨厌他父亲。他们不想被人知道，当村子里一个女人失踪在雪地里，他们却闲在屋里，或是干着轻松的冬天的活。于是整个上午，他们都沿着母亲必经之路仔细前进。只在传递白兰地保温瓶、面包和冷香肠时才停下脚步。他们彼此很少说话，对米盖尔父子则是一言不发。

过了晌午，雪还在下，他们还没到圣马格达莱娜教堂，那是狭窄的军路开始的地方。米盖尔看着他们一起商议，而父亲站在一旁。他知道他们是想放弃今天的搜索，回村都要三小时。这意味着他们还能往前走一个多小时，然后赶在天黑前回去，但他们显然已经累了，在厚厚的雪地里每迈一步都很耗力，到家一定会筋疲力尽。

而幻想比什么都简单，想象母亲休息了一晚上后，他舅舅开车把她从帕罗萨送回家，他们刚回到村里，舅舅的吉普车就出现了。他们转身时，米盖尔猛然醒悟到，他们都知道他母亲已经遇难，村里人带着他们父子一路明知无谓地搜寻，是为了把他们拖出冰冷的现实：米盖尔的母亲失踪了，她死在考尔德尔苏或附近某地，身上压着一米多深的积雪，她再也不会回家，除非他们找到她，扛回一具棺材。于是行进就是为了让他们慢慢接受这个新的现实，而不是整天等在空荡荡的家中，既无事发生，也无话可说。

他们回到村中，看到房子外停着一辆警车，里面有两位身着制服的民警。村民们一进入视线，一名警察就下了车。他们走近后，另一位坐在乘客席上的警察也下来了。

米盖尔看到他很年轻，似乎有点腼腆。他望着这群人走过来，没有脱帽，然后挪开了视线。他的司机同伴是个身形敦实的中年人，没戴帽子。米盖尔看着他把父亲和自己作为他想问话的两个对象挑出来，不明白是怎么惊动警察的。他们朝警车走去，米盖尔看了看后座，说不定他们已找到了她或她的遗体，但那里只有一张旧毯子。

他们一进屋，父亲就解释说他的妻子很可能平安无恙，可能已经到了帕罗萨，在她哥哥家里。年纪大的那位警察记下了她哥哥的名字，用浓重的南方口音说，只要警察局那里唯一一条与帕罗萨的电话线通了，他一回拉苏镇就打电话，如果路通了，就去帕罗萨。同时他需要一份对她的描述。

米盖尔父亲一边说，这位警察一边记，年轻的那位则靠在厨房门后的墙上，把帽子往上一推，于是米盖尔看到了他干净、没有皱纹的前额和黑色的大眼睛。这双眼睛查看着屋内，似乎短暂地关注了一下两位年长者，然后就与米盖尔的双眼胶着了。米盖尔知道自己从年轻人一进屋就盯着他，现在最好转移视线，让刚才发生的事显得只是不加掩饰的好奇心而已。但他没有移开目光。他在厨房昏暗的光线下注视年轻警察的脸庞，饱满红润的嘴唇，方正硬朗的下巴，然后是柔和的双眼，姑娘般的眼睫毛。年轻警察则是只看米盖尔的眼睛，目光冷漠，没有表情，像是在暗暗指责他什么。米盖尔下移目光看到警察的胯部时，对方也低头看了看自己，微微一笑，张了张嘴，接着又变回原来的神情。但这会儿的表情更严峻了，带点儿凶狠，仿佛监视着手中的猎物。

他的同事做完笔记，准备离开了，年轻警察脱下帽子，米盖尔在房间的另一头默默地看着这个动作。接着，一句话都没说过的年轻警察转身开门，让他同事先走，做手势让米盖尔的父亲跟上。在米盖尔看来，他似乎是要制造出两个长者在外面，两个年轻人在门口或厅里的时刻。但米盖尔的父亲止住脚步，出于礼貌坚持让年轻警察先行一步。米盖尔一直细心观察着年轻警察，而他的同伴倒车、转弯，停了一下然后开走了。

米盖尔忙着干他母亲的活时，父亲去外边劈柴，猛烈地挥动斧子，把木头劈成容易点燃的大小。米盖尔害怕夜晚的到来，这一晚他们无事可做，只有等待她的消息，但也知道短时间内不会有消息。

他想起自己刚学会走路的时候，与她一起玩的一种游戏。他不知道游戏刚开始是什么情况，不过他与她在一个屋子里，他老躲在桌子底下，床底下，椅子背后，她会装作找不到他，他们就这样一直等到他开始害怕。然后他出来，她则装出惊愕欢喜的样子，把他举起来。他不记得这样玩时父亲曾经在场。等到霍尔迪开始懂事，他害怕这样藏起来装模作样地躲猫猫，嫉妒母亲和哥哥之间大呼小叫地捉住对方。如今米盖尔在房子里转悠，就敏感地留意到哪些暗角在傍晚光线更差，在哪些地方可以躲起来消失踪影，仿佛母亲会神秘地回来，把自己藏在一时半会找不到的地方。

那晚他们吃了点煎蛋、不新鲜的面包和冷香肠，默默无语，直到米盖尔问父亲，他们应该对霍尔迪怎么办。虽然他们没有他的地址，不知他在何处，但可以询问拉苏镇的警察局，与他取得联系。

"说什么呢？"父亲问。

米盖尔没回答。

"他的烦心事够多的了。"父亲说。

"他也许会从别人那里听说。"

"他不是千里耳。"

"能遇到老家来的人，"米盖尔说，"永远想不到会遇到哪些人，他们有可能听到这消息。"

"目前这会儿，"父亲说，"什么都别告诉他，我们让他安心些。"

吃完饭，富瓦，就是这天自命为搜寻队领队的那位，过来拜访。虽然外头下着大雪，但他不愿进门。他说电话线还没通。又说他妻弟来了村里，留下两条经过训练能跟踪气味的狗。他说自己曾与它们一起做过事，它们是最棒的。天一亮他们就带着狗出发，之前一起去的那些人会再去，但是路可能更难走，因为晚上的雪大概会更大。

他们睡觉前，父亲对他说，明天他打算开车去拉苏镇，然后穿过平路去索特,接下来如果能行的话就去帕罗萨。米盖尔说他会和那些人一起去,但他走到窗口一望,雪下得更猛了,便知道无论是父亲还是那些人次日都没法走很远,而如果这雪一直这般下,村两头的路都会被封起来。

米盖尔意识到,父亲和他各自睡觉的房间里,这份空缺如此明显。母亲与霍尔迪都离开了,霍尔迪会回来,她却不会,这样她的空缺更为明显,而想到这点令人心情沉重。他在霍尔迪床上躺了一会,但被冻得脱了衣服躲进自己的被窝中去。他希望此刻是在两周前,霍尔迪还没走。他希望此刻是在三年前,他刚回家。他希望此刻是任何时刻,只要不是现在。

早晨他再次被楼下房间地板上的脚步声惊醒。他睡得很沉,只求在刚刚陷入的无意识状态中多待一会儿。刹那间他知道自己得起来,这天要在搜寻母亲中度过,空气冰冷,雪灌进靴子里,脚趾和手指都会冻僵。他看了看霍尔迪的床,心想如果他集中意念,能否与他联系上,告诉他除了冬天不太好,家人一切都安好,自从霍尔迪走后,什么也没发生,他没新鲜事可说。

米盖尔一进厨房,富瓦就把他拉到一旁,说等在门口的那两条狗需要闻点气味,气味越合适,找到的概率就越高。他说需要一些她的物品,她穿过的东西。他放低声音对米盖尔说,如果她的衣服自从上次穿过后洗过了,就没多大用处,越贴身的衣服越好。他看着米盖尔的样子,仿佛他俩不仅在对屋子里的其他人耍阴谋，还在对外面的冰天雪地耍阴谋。

米盖尔的父亲此刻确信自己没法开着吉普车驶上村外那个通往拉苏镇的大拐弯，再爬上陡坡。他独坐在桌旁，人越聚越多，狗也越来越多，在冰冷的早晨吠叫不已。雪夜里就停了，天亮之前，气温下降，这意味着他们得留意结冰和很厚的积雪。他父亲一副凄凉、疲惫的样子，与周遭的事距离遥远。米盖尔不打算拿富瓦的要求去麻烦他，自己上楼去找可能保留母亲气味的物件。

他忘了自己曾经多么熟悉父母房间窗下的抽屉。他已经好几年没走过去了，但他还小的时候，最喜欢的事情就是在母亲的监督下打开每个抽屉，拿出里面的东西，再一一叠好放回原处。在最上面的抽屉里，她在一侧存放的是文件、账单、收据，另一侧放手帕、围巾。中间的抽屉放的是衬衫、毛衣，下面两只抽屉放内衣。他打开这些抽屉时，闻到的并不是她的气息，而是薰衣草味和香水味。他什么也没动，这里的东西对富瓦和他的狗都无用。

在房间的角落里有只旧篮子，与他自己房间里的那只一样大，放脏衣服的。篮子只装了一半，上面是父亲穿过的衬衫、袜子、短裤和背心，底下是母亲在家中最后穿过并扔在那里的衣服，还有那晚与霍尔迪吃饭穿的那件衬衫，他想象着她把这件衬衫这么放是为了可以用一种特别的方式去清洗烘干。最下面是她几件内衣，他拿起来抓在手中，看了看身后无人，就举到鼻前。他把脸埋在她亲密的气味中，虽然她穿这件衣服已经是数日之前，但味道依旧清晰。寒冷的屋里顿时有了她的感觉，有一会儿，他想象着那群狗在地面上盲目行动，凭着这股气味，在雪底下或者灌木丛中寻找这股气味的源头。他会跟在它们后头。他只拿了一件内衣，其余放回篮子，藏在父亲的衣服下面。他拿着这件挑出来的衣服走下楼去，交给富瓦，富瓦带着狗等在门外。

这天比前一天更冷，两条新来的狗跟着缥缈的气味，跑离了道路，爬上山去，大家只好在下面等着，这使得进展更为艰难。米盖尔的父亲大多数时间远远落在后面，看似并没有在寻找，也没有在探查她或许在哪儿的线索。米盖尔注意到富瓦、卡斯泰莱特和其他几个人回头看他，恼怒之情溢于言表。他也注意到邻居们第二天的搜索更活跃了，似乎喜欢朝狗大声喝叫，随着时间流逝，他们越来越有活力。他们的激动却让他父亲无动于衷，只是在后面拖着步子，仿佛他唯一的目的就是不让自己的双脚弄湿。

米盖尔想，这两条狗精力旺盛，智商却一般。他奇怪为何富瓦没能像他那样意识到，被埋在厚厚的冻雪层下的东西，无论什么，都不可能散发出气味的。但他知道自己什么都做不了，只能在白茫茫的大地上前进。这里除了狐狸和野猪的脚印什么都没有，望之一片纯洁无瑕，几乎可用美丽来形容，完全没有害处，而它危险的本质却隐藏在空白的表层下。

但到了下午一两点钟,他们没法再走,雪太深,很难看出前路的起伏状态,哪里是路的边沿,路边又有多深。狗儿们自从大清早就没进食,越来越难对付,村里来的两条狗已经打起恶仗,彼此咆哮撕抓,它们的主人不得不牵住它们爆踢一顿,才让它们乖乖顺服。米盖尔发现所有的人都在把狗拉开,牵住,朝它们喊叫,只有他和父亲站在一边旁观,他也感觉到大家因此着恼了。他们放弃搜寻时,他感到高兴。他们等两条新来的狗回来,然后打道回府,那两条狗不知道去进行什么无用的搜索了。米盖尔小心翼翼地与其他人走在一起,或是走在两人中间,或是和一个人走得很近,他父亲则落在后面很远,好几次他回头都没看到他。

当晚父亲说不必再进行任何徒劳的搜索,这些人恨他,花了两天时间在路上,只是为了折磨他,羞辱他。他说再也不想见到他们了。第二天早上,他说,他们要去拉苏镇,不管路有没有通,今天是市集日。他们会开车到封路的地方,等在那里,或者不管雪把路堵成什么地步,都会跋涉过去的。

米盖尔没跟父亲商量,就离开家门去找富瓦,富瓦一见他来,就没好气地问他想干什么。米盖尔说他们明天不去搜寻了,但要去拉苏镇,或许会在那里遇到帕罗萨来的人,还能问问警察。他补充了一句,说感谢富瓦的一切帮助。

"那你父亲呢?"富瓦问,"我们都知道他有舌头,他不会说话了?"

米盖尔冷静地迎向他的目光。

"他非常难过。"

富瓦一言不发关了门。米盖尔回家没告诉父亲他去了哪儿。

去拉苏镇的路已经通了,但有几段还有结冰,大清早很危险。米盖尔一夜无梦,早上醒来那一会儿,还以为这是生活中普通的一天。夜晚擦去了前些日子留下的回忆。但他看到父亲下楼,知道他压根没睡着,满脸憔悴,每句话说到一半就停下,忘了自己想说什么。父亲失眠的状态,使他开车越发谨慎,凡是转弯和下坡时,就放慢速度。路上几乎没有车。他们开到大路上时,路上也很安静,这对一个市集日而言很不寻常。

两周前,他与母亲走到这里,和她一起排队,发觉她抓紧时间背着他去灌了三杯酒,现在他和父亲走在早晨的集市,店铺都还没有开张。他们寻找着帕罗萨、伯彻、蒂维亚或是附近其他村子里的人,他们或许有她的消息。米盖尔知道情况大抵如此,因为道路不通,电话也断了,没有人会知道她的事,但他们会得知发生了什么,就好像一桩见不得人的秘密似的,然后秘密就传开了。他想着是否要建议父亲不要整个上午都在阴气森森的集市晃悠了,而是去看看通往帕罗萨的路是否已通,然后过去问他舅舅,赶在舅舅从别人那里听到风言风语,或是加油添醋的话之前。

他们在一家酒吧里吃了个长汉堡。两人都饿坏了。米盖尔吃完时,差点想说他还要一个。他决定买点食物,因为三天来,他们就靠吃母鸡下的蛋还有其他一点点东西过日子。但因为父亲要去警察局,他觉得他应该等等,先喝杯咖啡,过会儿再吃点东西,或许吃一顿正式的午餐。他们经过集市,往警察局方向走去,留神不去看那些摊贩,也不与他们打招呼,希望没有听说失踪女人的摊贩来问起她。但他们还是在找帕罗萨附近村里来的人。

他们转入一条小巷,经过一家面包店时,看到了弗朗西斯科,他是米盖尔的舅舅,从帕罗萨来的他母亲的哥哥。他带着妻子和一个邻居家的女人朝他们走来。米盖尔立刻站住了,让父亲上前去招呼他们。他站在一家店的门口,看着父亲和他们寒暄。他能看到舅舅和舅妈的脸,起初从他们的表情中看不出什么。他舅舅只是点头,舅妈和邻居听得很认真。但是慢慢地,他注意到舅舅的脸色一暗,他没有皱眉,也没动嘴,但这个细微的变化对米盖尔来说已经足够。在舅舅开口摇头,舅妈把手放在嘴上,另一个女人走过去安慰她之前,他就知道母亲并没有安全抵达帕罗萨,从舅舅开始询问父亲的态度,他知道舅舅和舅妈都不知道母亲失踪的事。他从暗处出来,向他们走过去。

他舅舅说去帕罗萨的路断了两天了，唯一的一条电话线也断了。米盖尔看着他时，舅舅似乎呼吸有困难，说话间大口吸气，盯着地面，皱着眉头。

"那天，"他说，"雪下得前所未有地快，积雪埋到了我们的脖子。"

舅舅问了她什么时间离开，谁看到了她，她走了多久才下雪，米盖尔看得出他留住一个最基本的问题没问。舅舅显然想知道她为何要走，他们为何没有发觉她离开，他们怎会不知道她何时走上这条危险的路，如果她需要去帕罗萨，为什么门外有车却步行而去。舅舅巡视他们的眼神时，米盖尔意识到他慢慢发觉，她是心情不好才出走的，或者是吵架后走的，他觉得舅舅越是暗中判断，父亲和他就越是显得有负罪感。

他们决定一起去警察局，正式报告她失踪。舅舅相信警察会动用全力搜寻她，他们有义务这么做。米盖尔知道舅舅为人和善，睿智。他看着他掌控这件事，想起母亲曾经哀怨他们的村里没有弗朗西斯科这样有事就能去找的人。

快到警察局时，米盖尔先是从眼角瞥到富瓦、卡斯泰莱特和两个警察站在一辆吉普车后，随后就看清楚了。舅舅也看到了他们，但米盖尔发觉他并没有认出他们。父亲只是看着地面，米盖尔也没有把他的注意力引向这些也来了拉苏镇的村民。

办公桌后的警察似乎知道这案子，对他们说需要等一等。狭窄的门厅里只有两把椅子。他们五个人都表示不想坐下，尴尬地站在一起，进进出出的警察让他们不要挡道，站到一旁。最后米盖尔的舅妈和她同伴说她们要去集市，然后晚些时候在面包店旁的咖啡馆碰面。米盖尔说他要与她们同去，他得去集市买点物品。他觉得父亲在告诉舅舅发生了什么时，他不在一旁听着会比较好。他离开之前，注意到舅舅很是俊朗，等在厅里的样子显得聪明又机警。他父亲站在舅舅身边，看着就像一个穷山村里来的穷人，等在大城镇的官家房子里，一身卑微和不安。

他们朝集市走去。他舅妈和邻居说，要暂时离开她一会儿，他从她说话的样子看出来她想要和他独处，以为她想知道发生了什么。她丈夫有种耐心，可以等到得知所有细节，再彻底追究一件事，但她不行。她朋友离开后，米盖尔看到她拐弯抹角地问母亲最后几个小时在家里的情况。不知道为什么，他打定主意不说。

她问他是否要和她去肉铺，他知道她指的是母亲常去的那家。想到他们会记得他，知道这个年轻人的弟弟去了部队，还会问起他母亲，而他毫无准备，不知该怎么回答。周围都是排队买东西的人和集市的摊位，他处身其中如在梦里，但一切都那么生动，仿佛前些日子的黑暗并没有什么意义，甚至不必提起。他告诉舅妈，他不想和她去肉铺，但晚些时候会按照约定和父亲、舅舅一起与她碰面。

"出了什么事？"两人站在店外，她问。

"我们不知道。"他说,"她走出村子,朝帕罗萨去了。"

舅妈恼怒地叹了一声。

"就这些?"她诘问的目光锐利,"天寒地冻的,她没事就走出去了?"

他点头。

"好吧,她没到。"舅妈说。

"我不知道没有她我们怎么办。"米盖尔回答说。

他知道他让舅妈再也不能问什么了,但说出这句悲伤的话,虽然是一种策略,阻止她进一步追问,却对他自己也产生了影响,他发现自己哭了起来。他转过身走开了,一只手捂着脸,不让人看到他的眼泪,他没再回头。

后来他到咖啡店时,父亲和舅舅还没来,舅妈冷冷地跟他打了个招呼。他要了一份三明治,送来后他不得不努力遏制住一把抓起狼吞虎咽的动作。吃完后,他又非常想要再吃一份。

舅妈的朋友来了,落座后,她好奇地打量他。

"之前我看到你时,几乎不敢相信,"她说,"你跟你帕罗萨的外公长得一模一样,不仅如此,你每一处都像他。我是说,甚至你现在看着我的样子也像他。"

"我认识他时他已经老了,"舅妈也插话,"但我记得大家都这么说。你还小的时候,你母亲就觉得你做事情有他的风范。"

"我从没见过他。"米盖尔说。

"嗯，这就像见鬼一样。"这女人说。

"她可从来没提。"米盖尔说。

"我真希望我丈夫在这里，"这女人接着说，"他看到你会大吃一惊的，甚至你把目光从我这里移开的样子，他也会大吃一惊的。"

"我想我们都跟自家人长得像，"他舅妈说，"我觉得这挺正常。"

父亲和舅舅终于来了，米盖尔一眼看出，他们是一路沉默着从警察局走过来的。米盖尔还觉察到，父亲被问了一些令他慌神的问题。他坐下来时都没法看他们一眼。

接着舅舅说，警察已经准备了一支专业搜救队，从两个村子同时开始搜寻，即她走离的村子和她要去的村子。他们认为她家人和村民不应该和他们一起去找，他说，这只会添乱。天一亮就开始，而照他的意见，两天前就应该开始了。他说，但现在束手无策，只能盼着搜救队能有结果。米盖尔觉得舅舅说话就像个警察，差点笑了起来。

他和父亲回到家，天已快黑。一路结了冰，车开得很慢，每遇到坡路就停停滑滑，在许多弯道上还危险地打滑。刚开始他没注意到停在自家门前的三辆车。目前发生的每件事都是出其不意的，三辆陌生的车子实在不算什么，不值一顾。接着他看到那是警用吉普车，还有两名警察站在门口，看着他们过来，并认出了他们。他猜测警察是在等他们回来。这两位他之前都没见过。他们走过去时，警察点头表示招呼，但没开口，让他们从身边经过进屋。厨房里，那位母亲失踪后来过的年轻警察已坐在靠窗的椅子上。米盖尔打开房间电灯，他还是那副面无表情的神色。

那位来过他们家的年长警察从楼梯下来，说警察在搜查房子和下面的牲口棚。他们听到楼上地板重重的靴子声，米盖尔想要上楼，但年长警察拦住了他。

"停下，停下，"他说，"你们俩都请待在这里。"

"你们觉得能在那里找到什么呢？"他父亲问。

"你们俩都待在这里。"年长警察又说了一遍，朝年轻警察点了点头，年轻警察起身仿佛要去镇守通道。米盖尔发现他的目光比上回更阴沉，头发也少了光泽。他泰然回应着米盖尔的注视，视若无睹地瞪回去，连看都不看米盖尔父亲一眼，父亲则拿了把椅子坐在厨房桌边。

年长警察离开房子后，他们听到牲口棚那里传来声音。米盖尔猜想是有一扇很大的旧门被推开了。他想走到窗口去看发生了什么，但年轻警察默默地示意他待在原地。

"我们被捕了吗？"米盖尔的父亲问。

警察没看他，也没回答。他一直盯着米盖尔，然后才转向父亲。他的目光中没有敌意，但很有威势，因为其中一丝情感也不带。他的脸刻意地一动不动，像是一张沉重的白色面具。他没对他们说话，他的声音、语调，都会泄露很多关于他的事。不让去窗口，并没有让米盖尔担心，他知道他们并没有被捕，搜查房子和牲口棚只是例行公事，也许是富瓦和卡斯泰莱特建议他们这么做的。他认为年轻警察不让他动，与其说是他的警察权威，不如说是害怕上级，是出于胆怯。他们三个等在那里，父亲跌坐在椅子上，盯着地面，米盖尔和警察四目相望，又转开目光，隔了片刻，再度互望一眼，米盖尔上上下下打量年轻人的身体。警察看在眼里，态度半是接受，半是无动于衷。米盖尔站起来又朝窗边走，警察耸了耸肩，但没动。

米盖尔看到七八个警察聚集在屋前，还有富瓦和卡斯泰莱特。但他不知道他们是从哪个方向来的，之前是否也在牲口棚里。他们穿着平常的衣服，但在警察堆里丝毫不减权威，那些警察都是外地人。他们仔细地听富瓦说话，看他做手势。米盖尔的父亲走到窗口，也看着他们，但他在拉苏镇没见过他们，米盖尔觉得他意识不到他们和警察一起站在外头有何意义。米盖尔不知他们说了什么，得到了这样显而易见的信任。最后那位年轻警察被叫走了，他一言不发地离开房子，三辆吉普车开走，富瓦和卡斯泰莱特在雪中慢慢地往村那头走去。

只剩他和父亲两人了。米盖尔觉得没有邻居会来找他们，警察带领人去搜山，也不会要他们去。他再次觉得他们应该写信给霍尔迪，但信上要说的话，他和父亲都没法说出来。他知道如果霍尔迪收到这样一封信，不管是否得到准许，都会回家。但即使得到准许，也只有几天假。米盖尔想到他回家却一无所见，房子里空荡荡的，父亲沉默不语，什么都做不了，没有坟墓可去，没有遗体可触摸，没有棺材可抬，周围的人没一句安慰的话，只有冰封的大地和可怕的不会融化的日子。

米盖尔无法想象霍尔迪对信会有什么反应，他努力想象他读着信，然后飞快地从他所在之地奔向他们身边。霍尔迪从小只要看到一只猫受伤，一条狗跛了腿，或是其他动物挨饿，都会觉得痛苦。他小时候，他们总是不让他和迷路狗、邻家猫玩在一起。如果猎人们在林子里射杀野猪，血淋淋地拖回村子，他们就把他关在屋里。离家的日子，他会想念克鲁阿，就和想念米盖尔和父亲一样，而米盖尔和父亲则对克鲁阿忍无可忍。若是知道母亲失踪或有危险，他会受不了的。她离家出走，被埋在远处某地的厚厚的积雪下，这事不能告诉他。然而米盖尔也明白，如果不告诉他，让他活得好像什么事都没发生，是真正的背叛。

吃饭时响起了敲门声，他们惊惧地抬头对视。米盖尔去应门，看到约瑟·伯纳特手里提着一个包裹。伯纳特也参加了两天的搜寻，但一直退在后面，没怎么被人注意到。他说他不进来了，他妻子做了些面包，包里还有其他从她食品储藏柜里拿出来的东西，希望能对他们有用。米盖尔刚道谢完，他就鞠了个躬，走了。

此后傍晚时分伯纳特就上门来，带来一罐牛奶，或者刚做好的食物，作为拜访的借口。米盖尔开始独自出门，有时候走出圣马格达莱娜，走上那条军路，那里的积雪在寒冷的天气下冻硬了，每迈一步，都需要十分小心。伯纳特不停地提建议，出主意，让他该到哪里查看。他似乎知道内战后这片地方死的每一个人，尤其是自杀和意外死亡的。拉森尤拉·弗洛维亚十二年前倒在这片雪地里，她的丈夫还活着，这是伯纳特最津津乐道的话题。他说，她的家人连续两个月每天经过她躺的地方，但她身上压着冰，阳光又照不到，于是她一直躺在那里直到冰雪融化。或者说起某个娶了英国女画家的人，开着吉普车在帕罗萨附近的路上偏离道路，撞死了一个小孩。

"真遗憾，"一天晚上他说，"你们头一天没一直开车过去，否则或许能找到她。"

米盖尔父亲点点头。

米盖尔对伯纳特的真心话颇有兴趣，关于他母亲在哪儿，什么时候，怎么去找到她，但他得不到直接的回答。伯纳特来家里的那些晚上，米盖尔听着他讲故事，想要把话题转到突然融冰的可能性上去，这才是对她最大的危险，因为她的遗体还是不容易找到，而在他们找到她之前，鸟兽会去侵袭她。伯纳特表示同意，想了想，又等到米盖尔父亲离开房间，才对他说，因为警察还没找到她，他们查得也很仔细，那么在他看来，她的遗体只有到开春融冰，那片地上没有冰雪了才能找到。他说，然后他们得整天望着天空，如果看到秃鹰，就上车冲向秃鹰盘旋之处。他说，这样才能找到她。

四

他们都不会烧饭。父亲连试都不肯试,却不停地抱怨食物单调。蛋太多了,他说。冷火腿太多了。米盖尔想要煮米饭,但烧得又硬又糙,不知是水放多了还是少了。他煮的土豆像是融化在了水里。他们的面包就依靠伯纳特。他不知道母亲是怎么弄到炖肉用的肉,又是怎么在没店也没有供货商的村里做出各种各样的菜。他做小扁豆时,父亲把装满热食的盘子倒进了喂鸡桶。

渐渐地母鸡下蛋少了,兔子也开始死去。米盖尔知道在母亲刚失踪那段时间,他忽略了它们,即使后来很快就每天给母鸡和兔子喂食,还是毫无起色。他花了一天时间清洁鸡舍,以为是脏物堆积让它们少下蛋,却发现脏物里到处都是碎蛋壳,不禁怀疑母鸡是不是把下的蛋吃了。他希望能找个村里人问问,但也知道父亲会反对,哪怕他只是对伯纳特提一提这难处。

有兔子死了。虽然有一只死在笼子里,尸体僵硬不动,两眼直勾勾瞪着远处,其他兔子还是一副无忧无虑、一如往常的样子,他觉得挺奇怪。反正没用了,他默默地把它埋在牲口棚后面。他不想让父亲知道他家务上有麻烦,除了那些显而易见的问题。

过了一阵,只有大个头的棕色兔子还活着,又死了几只白兔子后，它们貌似长得更肥更健壮了。米盖尔让兔笼保持干净，父亲则置之不理。那些日子里，如果早晨在鸡舍里能发现一枚鸡蛋，他也觉得运气不错。他觉得父亲一定以为他不想吃蛋了，才不做煎蛋的。父亲吃什么都不乐意。他开始吃熏火腿和加了番茄、油而变软的面包，而且不是在饭点吃，是饿了才吃。他不吃面包皮，剩在桌上，让米盖尔去给克鲁阿。

一天他走进厨房，米盖尔在吃香肠和豆子，是伯纳特妻子给的。

"我明天要去拉苏镇，"他说，"我打算带几只兔子去卖，再卖些蛋。"

米盖尔紧张地抬眼看他。

"兔子死了很多，我不知道怎么让它们活着。母鸡也不下蛋了。"

"你对它们做了什么？"父亲问。

"我不是女人。我完全不知道该怎么做。"

"你不是做家务的料，"父亲说着自己苦笑了起来，"你明白这点吧？"

"你怎么不自己去照料它们？"米盖尔问。

"不，我才不做，"父亲回答说，"兔子死了！村里有人知道吗？"

"没人。"

"那就好。我们还有蛋吗？"

"架子上的碗里还有一枚。"

"我们得把它当纪念品收藏起来。"

米盖尔没和父亲一起去拉苏镇，连续两天都是晴天，这意味着有些雪会融化。他拿了望远镜，早早出发，想要在中午之前赶到圣马格达莱娜，然后看看能在军路上走多远。他知道军路上有些路段还深深掩埋在雪下。一走到太阳下，就感到暖和，有时候太热了，只能脱掉外套。他在狭窄的路上跋涉了一小时左右，知道自己摆脱了父亲和空荡荡又阴暗荒废的屋子，就有点高兴。那屋子里每个角落、每块地方都显示着母亲不在了。唯一可怕的事情是路被积雪封住无法继续前行，最终还是得回去。他发现到圣马格达莱娜的路比村里人说的要干净得多，有些地方积雪全化了，他用望远镜扫视着，希望能找到蛛丝马迹。母亲选择在那一天，在那一个小时里绝望地离开他们，他觉得真是太不幸了。他想，假如她早离开一个小时，就会安全抵达帕罗萨，假如晚离开一个小时，也只能走到这里就回头了。他觉得她不早不晚，就在最糟糕的那一个小时里被困住了，然后躺在军路下面斜坡的某一堆积雪下。他扫视着军路，但除了树桩就是白茫茫的大地。

军路上的雪几乎都没化，他觉得很意外。大部分路段和他刚走过的路晒到同样的阳光，但军路切入山腰，风大，路两旁不长树，也不长灌木。如果风把四面八方的雪吹过来，就会堆积在路上。这条路是外地人修的，只是在地上草草挖了一道凹槽，没考虑地形，也不知道冬天会发生什么状况。很快他发现积雪及膝，每迈一步都费力，抬脚也费力。

他转过身，在雪泥里又跋涉了几公里回到村子。他希望父亲能学会干家务，哪怕只是学学怎么生火。米盖尔知道，他从拉苏镇回来，要么带回很多吃的，要么很少，不是几公斤没法保鲜的肉，就是只够吃一顿的沙司。

父亲不在家，这事奇怪，他一大早就出了门，在那里也没事可干。也许他又去了警察局，但米盖尔觉得这没意义。没面包了，他烤了一些土豆和那枚他父亲想当纪念品的鸡蛋，然后生了火。这些日子里每当想到母亲，就有一种尖锐的愧疚感，胸口的刺痛只有在可以去想其他事情时才能忽略过去，但它又会偷偷地轻易地回来。他后悔这些年来从未像这样在一个普通日子来到她的厨房，看她做饭、生火，帮她忙，或者在她干活时给她做伴。他也知道在她失踪前一天自己应该更勇敢些，应该走到她身边，告诉她他会把父亲扔掉的东西放回来。他想，他应该让父亲不要把她独自留在屋里发酒瘾。他知道要是他多一点勇气，是能阻止她离家出走的。

听到车子停在家门口时天已经很晚了。整个傍晚他都看着壁炉，一半时间在想离开这里，像母亲那样突然离开，去拉苏镇，然后去莱里达或巴塞罗那，甚至更远，再也不露面了。他想，连弟弟也不见，为赢得新自由而付出的代价太高了，但或许他们会在他乡相遇，或许霍尔迪也会离开。剩下的时间他思索着那些前来造访的愧疚感，它们从黑暗中被风带来，进入他的灵魂，他一遍遍思考着自己为她的失踪和死亡应负的责任。

他听到外面的说话声，觉得奇怪，父亲竟然让村里人搭他的车回来。也许是伯纳特吧，父亲与他的相处渐渐融洽起来，要么和伯纳特一起从拉苏镇回来，要么是在其他地方捎上了他。他听到脚步踩到门外路上的碎冰，没有动弹。如果父亲需要人帮忙从车上搬东西，会来叫他的。父亲走进厨房，慈爱而温和地朝他笑笑。他提着几只袋子，身后出现一个脸色苍白的年轻人，比米盖尔略矮，但看起来很强壮，他觉得他还没到二十岁。他也拎着几只袋子。米盖尔确定自己以前从未见过此人。他瞥了米盖尔一眼，没笑。米盖尔旁若无人地把视线转向壁炉，从篮子里取了两块木头，很有技巧地放进壁炉。

"我们饿了，"父亲说，"还没吃饭。马诺鲁要在这里做晚饭。"

马诺鲁朝米盖尔转过身，米盖尔随意捅着火，没说话。

"我吃过了，"米盖尔说，"不过我还可以再吃一点。"

马诺鲁有一双深色眸子，头发黑油油的。他打开橱柜，查看里面的物品，然后把他们从车上拿来的袋子里的东西都放进去。

他们晚饭吃的是香肠、豆子和新鲜面包。原来米盖尔的父亲遇到了帕罗萨大舅子的邻居，对他讲了自己的困境，说需要有人来给他们操持家务，但觉得没法找人，因为他们没房间给姑娘或者妇女住，邻居家的妇女也没有空闲。帕罗萨的人告诉他有个叫马诺鲁的孤儿，现在没事干，他春夏季在当地农场里做工，和他们生活在一起，但到了冬天没什么活儿干了。他们说，他不仅喜欢做家务，还干得很好，但他寄宿的那户人家想减少一张嘴吃饭。米盖尔的父亲说，他当机立断开车去帕罗萨，找到了马诺鲁和他的雇主，雇主立刻同意放走马诺鲁。

"所以我把他绑上了车，"父亲说，"他说他会煮饭，我们很快就能见识了。"

父亲挤眉弄眼地朝马诺鲁笑笑，马诺鲁没回应，却严肃地看着米盖尔。米盖尔觉得父亲找到马诺鲁的这番讲述，就像买回一头动物或一袋大米似的。米盖尔觉得马诺鲁也意识到了这点，父亲越是说得高兴，他越是意志消沉。

他们坐在桌旁用餐时，米盖尔发觉自己还没说上几句话，心想这样沉默着是否会让这位新来的人更不高兴。

"我父亲是个怪物，"他说，"你跟他来可是犯了大错了。"

他和父亲都大笑起来，但这孩子还是默默无言，他们越笑，他好像越难过。他们一吃完，他就开始收拾桌子。他烧了一锅水，开始把碟子堆起来洗，这些碟子已经积了几天了。米盖尔回到他壁炉旁的座位，父亲仍在桌边。

"家里有床单吗?"父亲问。

米盖尔耸耸肩。自从母亲离开后,他们还没换过床单。他不知道放在橱柜里的床单在使用前是否需要在火上烘一烘。

"不管怎样,"父亲说,"霍尔迪床上的床垫应该是烘过的。"

"我们为什么不把它挪到下面储藏室去?"米盖尔问。

"那里的窗玻璃破了,"父亲说,"他会冻死的。"

"我不想和他睡一间。"米盖尔说。

马诺鲁背对着他们,停下了动作。他没有掩饰自己在听他们说话。

"今晚我们让他睡那里,"父亲说,"我带他去看床单和毯子在哪儿,这样他能自己铺床。"

米盖尔叹了口气,看着火苗。当他再次抬眼,马诺鲁继续在火炉和水槽边干活。他走过来擦桌子,看也不看米盖尔一眼。等到米盖尔去睡觉时,父亲已经给马诺鲁指了路,帮他把床单、被毯和枕头拿到房间里,米盖尔进去觉得有点太挤了。马诺鲁认真地把每条被毯展开,一丝不苟地铺在床上。米盖尔进去时,他没回身,直到关上门才转过身。他没和他打招呼,还是埋头铺床,米盖尔站着看他,等到他干完才脱衣服。

米盖尔躺在床上时,马诺鲁在一个小箱子里翻找东西。据他所知,这是马诺鲁带来的唯一的行李,几乎容不下换穿的衣服。马诺鲁脱下套衫，米盖尔看到他衬衫的后背破了，领子和袖口也磨坏了。他在楼下就注意到一股子味道，像是腐烂味，马诺鲁脱鞋时这味道更重了。直到马诺鲁脱下裤子，挂在椅子上，米盖尔才发现这股味道是从他的袜子上来的，他正在脱袜子。他把袜子放在床下的地板上，看着米盖尔，用眼神询问是否关灯。

"你能把你的鞋袜放到门外吗？"米盖尔问。

马诺鲁点点头，看不出对这事有丝毫的反对。他弯腰捡袜子，然后走过去拿鞋子，米盖尔发觉他没带睡衣来，也没穿内裤，准备穿着旧衬衫睡觉。他把鞋袜放在门外，关好门，熄了灯，走过房间。两人躺在黑暗中，彼此不说话。米盖尔猜想马诺鲁很快就睡着了。

他想象着此刻写信给霍尔迪说这些事。我们的母亲失踪了，躺在冰的包裹中，死了，等到融雪，我们得看着天空，寻找秃鹰，这样才能抢在它们前头找到她。你的床上睡着个黑皮肤、不说话、一脸戚色的男孩，他来这儿没带多少衣服，看起来乐意做女人的活儿。他搬到我旁边了，我能听到他有节奏的浅浅的呼吸声。明天早上我会给他找个其他地方睡觉。

五

他每天尽量往远处走。军路上的雪快化了，通往圣马格达莱娜的路上有些路段已经干了。每天要干的活不同，他也在不同的时间出门，但常常能把活儿留给父亲和马诺鲁去做。父亲这时候开始为约瑟·伯纳特切割石材，开始在家外花时间。马诺鲁工作很勤奋，做饭、洗衣、打扫卫生，如果需要，也帮忙喂养牲口。

雪继续融化，米盖尔的舅舅从帕罗萨来了，开着他的吉普车从村子沿路到圣马格达莱娜，然后和米盖尔一起走军路，那里大部分路已通，虽然道路周围还有很深的积雪。他数次下车，用米盖尔的望远镜查看地面。米盖尔说起伯纳特提过的秃鹰，他也表示同意。他说，他们得等着，观察秃鹰，希望温度一回升就能找到她，他觉得帕罗萨还没有出现秃鹰，比索特地势更高的地方也没有。如果他看到秃鹰盘旋，那么就知道春天真正来临了。

弗朗西斯科在屋里见到马诺鲁就拥抱他，热情招呼。米盖尔站在后面，看到马诺鲁露出笑颜，询问帕罗萨的人和事，他来这个家后已经开朗很多。

舅舅在离开之前，在屋外告诉他，战末的时候马诺鲁的父亲被拘押然后枪决了，当时他母亲还在怀孕。过了一年，他母亲也死了，死于肺结核，但他想丧夫也是死因之一。马诺鲁由父亲的堂亲抚养长大，直到有工作能力才搬去帕罗萨周围的各种家庭帮佣，有些人家对他很坏。舅舅说，这个事太惨了，因为马诺鲁的父亲几乎没有参战，只是走了霉运。他希望马诺鲁在这里能比在之前其他地方要快活些。米盖尔从舅舅的口气里听出，显然他看出自己和马诺鲁还没成为朋友。当晚，米盖尔把霍尔迪的几件衣服给了马诺鲁，马诺鲁似乎又感激又惊讶。那是几件衬衫、短裤，还有一双旧靴子，他保证自己会小心照顾这些东西的。

天气越来越坏，又下了雪，风刮了两天两夜，把表层的雪扬到空中，灰尘般乱舞。父亲与米盖尔一起照料好牲口后，就去了伯纳特的牲口棚。他回来吃午饭，然后又去了。他的新工作看来让他很愉快，一坐到餐桌旁，笑话和笑声就不断。

有些日子因为天气原因，米盖尔没法在户外干活，就待在厨房，试图和马诺鲁说话，问他从哪里学来的厨艺，又是怎么喂鸡的，得到的回答总是礼貌而又有保留。显然马诺鲁不想说话。他安安静静地工作，在房子里走动，表情严肃而有责任感。渐渐地，在他的照料下，他们又开始从鸡窝里拿到蛋了，兔子也繁盛起来。虽然他们邀请他一起吃饭，但他总是站在炉边吃，通常是在他们吃完才开始吃。虽然米盖尔让他不必在关灯前把鞋袜放在卧室门外，但他每晚还是照做不误。他确保克鲁阿被喂得饱饱的，但好几次米盖尔看到他不让狗儿跟着他，也不让它热情地扑到他身上。

米盖尔父亲对马诺鲁开玩笑说，他能给男人当个好妻子。父亲说，马诺鲁只需穿条裙子就好，夏天去参加所有的节日盛宴，等到秋天就能踏上教堂红地毯了。马诺鲁听到这话或其他类似的话并不发笑，只是做着自己手头的事。后来这逐渐成了米盖尔父亲经常提及的话题。

"啊，我们得给你买条裙子，"他会说，"你是全国最贤惠的妻子了，比所有和你同龄的姑娘都好。嗯，我觉得他们可能给我们送了个姑娘，搞不好你是假扮成小伙子的吧。"

一天，吃饭时这种话不止讲了一遍，听着都像奚落了，马诺鲁走到桌边，站在米盖尔父亲面前。

"如果你再说一遍，我就走。"

父亲推开椅子，瞪着马诺鲁，马诺鲁脸色比平时更苍白。

"我的意思不是……"父亲开口。

"我知道你什么意思，"马诺鲁说，"如果你再说一遍，我就走。"

"我不是想冒犯你。"

"那么就别再说了。"

"你变得无礼了，是吧？"米盖尔父亲说。

马诺鲁回到炉边，背对他们。米盖尔看着父亲和他自己的脸面交战，竭力想把这事说成笑话，米盖尔觉得，父亲意识到马诺鲁没留任何台阶给他下。

"你在这里不开心吗？"父亲问马诺鲁，他没转身，也没说话。

"我问你问题呢。"父亲说。

"别再说我是个姑娘。"马诺鲁说着,没有回身。

"我从来没真的说你是姑娘,我什么时候说过你是姑娘?我什么时候真的说过?"父亲问。

马诺鲁没回应。

"你聋了吗?"父亲问,"我什么时候说过你是姑娘?"

米盖尔看到马诺鲁垂着肩,像是要哭了。他自觉无能为力,无法介入,这种感觉又将他带回到母亲离家出走前一天的场景。父亲站起来,他意识到自己不能让以前那件事残忍地重现了。

"别管他了,"他对父亲说,"坐下!"

他知道父亲此刻不知道该怎么办了。米盖尔差点要说父亲已经给这个家搞出很多麻烦了,但他庆幸自己克制住了。父亲垂眼看着地面,马诺鲁走过来收碟子,仿佛什么都没发生。米盖尔没动,确保父亲连他的呼吸声都听不到,尽量什么都不做。最后父亲长叹一声,走出厨房,去伯纳特那里干活了。马诺鲁回到桌边时,米盖尔朝他一笑。马诺鲁回了个一闪即逝、若有若无的笑容。

那天晚上在卧室里,马诺鲁第一次和米盖尔说话。他把鞋袜留在门外,熄了灯,走过来上床。

"风不会一直这么刮的。"他说。

"一天比一天糟啊。"米盖尔回答说。

"你晚上经常哭,"马诺鲁说,"声音不响,也没怎么,但我有时会听到。"

"这我都不知道。"米盖尔说。

"你做噩梦了吗?"马诺鲁问他。

"不算吧。我经常梦到我弟弟在这里,梦到我们小时候。"

"你没喊叫,但你在哭,哭得也不长久。"马诺鲁说。

"我会尽量保持安静的。"

"别在意。"

他们开始聊起米盖尔母亲失踪以及如何找到她的事。马诺鲁压着嗓音,似乎非常认真地思考着米盖尔说的每一件事。米盖尔告诉他,霍尔迪对她失踪的事一无所知。他们收到了他的一封信,说他正在巴亚多利德,父亲则回信说一切如常。马诺鲁对此没有回应,米盖尔知道,他并没有睡着,而是斟酌着他刚才听到的话。

"你父亲做错了。"他终于说。

"我知道。"米盖尔说,"但我自己也没法写信给霍尔迪说这事。这不是我该做的事。我怎么能写信告诉他发生了什么?"

马诺鲁什么都没说,米盖尔从他沉默的姿态明白他心中自有想法。他们躺在那里什么都没说,后来米盖尔发觉马诺鲁已睡着。

他自己也睡了一会,接着被风声吵醒。风猛烈地呼啸,像是要把屋子从房基上吹走,把屋顶吹跑,打破窗子,疯狂地卷进每个房间，把躺在床上的人都吵醒。他听着呼啸声，马诺鲁平静的呼吸声，知道自己睡不着了。很快，一个牲口棚的门砰砰地响起来。他从声音知道是哪扇门，知道自己应该用石头抵住门不让它动。他在黑暗中找到衣服，下楼去穿，以免惊醒马诺鲁。他的靴子在门厅里。

外面又下雪了，雪片乘着风四面八方抽来。他用手捂着眼，否则风吹得眼睛睁不开。手电筒无济于事。他慢慢往下走，跨过大块的冰，上面已经积了新雪。门还在砰砰响。他找到之前用过的石头，把它们放好，紧紧地抵住门，然后回到屋里。

六

接下来的几天，太阳出来了，但还有风。米盖尔继续他的每日路程，去圣马格达莱娜已不困难，然后试图走到军路上，那里的雪又在新的轮廓线上堆积起来。有一天他走回村子，还有半小时就到，这时看到马诺鲁朝他走来，给他带了面包、火腿和一些饼干。米盖尔惊奇地发现自己在余下的路程中大大改变了，变得满心欢喜，很高兴马诺鲁想到来会他。次日，他出发时问马诺鲁是否愿意再来和他碰头，马诺鲁说好的，说本就打算这么做。米盖尔发现走路时，马诺鲁站在炉边说这些话的样子，一直在他心头浮现，他倒是不怎么想起父亲和霍尔迪，也不怎么想母亲的遗体会在哪里被找到。

父亲给伯纳特干活赚钱，现在一开口就是发展石材切割业务。他开始每周付给马诺鲁一小笔钱，这让他自己在厨房里时心情愉快，但对马诺鲁没有明显影响。马诺鲁来了一个月后，星期六晚上，米盖尔父亲宣布说今晚是沐浴夜。他对马诺鲁说，他们一家子和村里其他人家都不一样，正如与野外的野兽不同，因为他们定期洗澡，通常是两周一次，但因为家里出了事，他们忽略了正常沐浴，他现在想让这事走上正轨。

父亲给马诺鲁看那个光亮的高桶锡浴盆在什么地方，他们一起把它搬到厨房。他让马诺鲁在一只大壶、两个炖锅中注满水，烧开，然后兑上冷水。这样就足够他洗澡了。他说，然后马诺鲁就要再烧些水，等他洗完要倒掉一些水，换上干净的热水，让米盖尔洗，最后是马诺鲁洗。像是为了逗笑自己，父亲最后着重说，水还可以扔出去给狗喝。他又说，每个人还需要干净的内外衣，洗完澡就换。

米盖尔讶异地发现父亲居然觉得马诺鲁可以参与洗澡。以前是他和霍尔迪烧水，换水，母亲不踏进屋子的。最后他们给她烧好水，重新灌满浴桶，在椅子上放好她专用的肥皂和海绵、专用毛巾，然后和父亲去楼上，给她留下完整的私人空间。

马诺鲁把三条毛巾放在熊熊燃烧的壁炉架子前。他关了窗，锅子里的水开始沸腾时，他把水倒进浴桶，再把锅装满。大壶烧开时，父亲开始宽衣解带，米盖尔离开房间。他总是这样，让父亲尽可能有私人空间。他觉得让马诺鲁留在那里服侍赤身裸体的父亲很奇怪，但他知道马诺鲁什么都会处理好的，确保做什么都不会惹来抱怨。

等他回到厨房，父亲说自己快洗好了，正站在浴桶里等马诺鲁拿毛巾。米盖尔从没这样看过父亲，两条长腿，比他想象中更结实，肉鼓鼓的阴茎，松弛的阴囊也显得更大更像样。父亲站在火光中擦干自己，仿佛在做展示一般，马诺鲁围着他忙个不停，在他脚下放块垫子，在火上添点细干柴，然后开始为米盖尔的洗澡做准备。

父亲离开房间后，米盖尔脱得只剩短裤，试了试水温，然后脱掉短裤，坐进热水桶中，这里面一半是干净的水，一半是父亲用过的。霍尔迪离开前，米盖尔开玩笑说父亲在桶里撒尿，他也要在桶里撒尿，或是已经尿过了，而霍尔迪就要泡在家人的尿水里了。霍尔迪听米盖尔这么说，吓住了，要求用干净的水洗澡，但他是最小的，所以没可能。

米盖尔觉得马诺鲁不会认为这好笑。他洗着澡，马诺鲁则为他自己继续烧水。他沉到水里去时，注意到马诺鲁在看他。米盖尔洗澡时，马诺鲁在浴桶旁来来去去。他们听见父亲在楼上房间走动的脚步声，米盖尔知道，在他们洗完之前，父亲不会回厨房。

他从水里站起来，马诺鲁拿着暖和的毛巾过来。米盖尔对着火发抖，马诺鲁给他擦干背、脖子和前胸，搓得很用力，然后把毛巾递给米盖尔，让他自己再擦一擦。

马诺鲁自己的水也烧热了，他倒掉些原来的水，把锅里和热壶里的水倒进浴桶。米盖尔坐着穿衣服时，看到马诺鲁背着他脱衣服，直到脱光才转过身来。米盖尔在卧室中从未注意到他的肩膀如此宽阔，肩背上肌肉发达，前胸和臀部没有长毛，但粗壮的短腿上覆盖着黑毛。他朝浴桶慢慢地走去，带着些许优雅，似乎将米盖尔的目光看在心里。

七

由于父亲每天和约瑟·伯纳特出门，米盖尔告诉马诺鲁，如果他愿意而且有空，可以早点来接他，这样米盖尔就不用全程独自徒步回家了。他也要他给自己带点吃的，带瓶水，他们可以一起在太阳下找个地方吃东西。现在到了晚上，他就期待着去卧室跟马诺鲁待在一起，和他说一会儿话再睡觉。一天，他们徒步返回，一边查看山脊和路两旁的积雪，这时听到圣马格达莱娜那边的树林传来枪响。一连串的枪声在远处的山里回荡，没法准确辨清究竟从何而来。米盖尔想起包括富瓦、卡斯泰莱特在内的一车人，早些时候在路上从他身边驶过，他后来还看到这辆车带着一辆拖车停在圣马格达莱娜的修道院里。

枪声似乎惊扰了一切,鸟雀四散,他知道所有的生物都会惊恐地寻找地方躲藏。他和马诺鲁停下来又听到不少枪声,这次有四五响,声音慢慢回荡消失了。他忍住突如其来的泪水。那些人很可能在母亲埋骨之处狩猎,她很有可能把白毯似的雪地当作路面,失足跌落路旁。米盖尔不想让他们找到她,不想让他们的狗嗅到她,舔到她。又来了几发枪响,他快步前进,马诺鲁不情愿地跟在后面。马诺鲁问他为何朝他们走回去,米盖尔没有回答。那一瞬间,他仿佛看到她还活着,惊慌失措地从他们那边跑开,不想被打中。他们走上教堂后面的山坡,听到喊声、狗叫声,然后又是三发同一种来复枪的声音,每发之间都是短暂而干脆的间隔。他们听到一声尖叫,然后是喊声,米盖尔示意马诺鲁走快些,但猛的一声大喊阻止了他们。

"嗨,你们!"是富瓦的声音,"走开!你们想挨枪子吗?"

"你们在这里做什么?"米盖尔也喊叫着,"你们为什么不去别的地方打枪?"

"我们在打野猪,这是男人的活,你和你的小厨男如果不回到路上去,可有的你们后悔。"

马诺鲁扯住米盖尔的外套,示意他跟他走。他们慢慢地在雪地里往下走,米盖尔上来时没觉得这路这么难走,雪底下有冰,但他们尽快地远离这些狩猎者。

他们默默地回去,马诺鲁的手放在米盖尔肩上。枪声没了。过了一会儿,他们听到车子开过来,站到了路旁。车子缓缓朝前开动,里面的人都是一副古怪、内疚、激动的神情。他们开过去时放慢了速度,米盖尔看到他们脸上还有尚未褪去的惊悚。拖车上,四头野猪紧挨着躺在一起,淌着血,死沉了,被扔在那里。这些肥壮结实的穴居动物不久前还是这个冰冷黑暗世界里最强的动物,但现在完全不行了,软骨、肉、骨头、瞪着的死眼,拖车载着它们,雪地上留下一路血点子,偶尔拖车往一侧倾斜,淌下的血让血点变成厚厚的红色小坑。

米盖尔边走边哭起来,马诺鲁扶着他,安慰他。这会儿,他第一次有种尖锐的确定感,母亲消失了,等到她被找到,她一定是死了,这个念头如今对他来说是残酷的事实。她不会回到他们身边了。他觉得找到她已经没有意义,寻找她也没有意义。过了一会儿,他停止哭泣,仍然挨近马诺鲁,他俩在泥泞中跋涉回去,马诺鲁不时地擦碰着米盖尔。

"你知道吗?你运气不错。"马诺鲁对他说。

米盖尔没说什么。

"你母亲走了,这事已经发生了,以后再也不会发生了,你运气不错。"

"我希望她活着在家里。"米盖尔说。

"是啊,但你就得老是担心会遇到这种打击,现在你不用担心她的死亡了。这已经发生了,不会再有第二次。"

"别这么说。"米盖尔说。

"我上次待的那户人家，"马诺鲁说，"老人死了，他的孩子都来了，有几个自己也已经是老人。虽然他年纪很大而且半死不活地也过了好久，但所有的子女还是哭了好几天。过了几周，我看到那家的女人还在哭。她妹妹来，他们哭，她哥哥来，他们还是哭。我知道没人能让我哭。不管谁死了，我都不会哭。不管是谁。这是不会改变的，我对此很感激。在我有记忆之前，我父母就死了，父亲更是在我出生前就死了，我对他们没有记忆。我没有兄弟姐妹，对叔叔和堂兄弟也没感情。每次我看到别人和亲人在一起，我就为他们感到难过。还是不要有的好。你现在很幸运，因为她不会再从你身边被带走。"

米盖尔环顾左右，知道在这条空荡荡的路上，他可以尽情地拥抱马诺鲁，可以将他抱得很紧很紧。他张开双臂抱住了他，手在他的外套下移动，感觉到他的温暖。他能摸到马诺鲁衬衫上的汗，感觉到他的心跳。他拉开衬衫，把双手贴上马诺鲁背部温暖的肌肤。马诺鲁朝他俯过去，他们倚在一起，他把头埋在米盖尔肩上，但双手像石头一样垂在两侧，动也不动。

八

次日马诺鲁打开百叶窗，米盖尔看到蓝色天空，早晨的阳光已经非常强烈，屋檐上挂的冰凌开始滴水、掉落。厨房里，约瑟·伯纳特和父亲坐在一起，坚持说节气转变了，远处山上的雾气说明雪真的开始融化。那天米盖尔徒步时，不断听到冰块破碎和松动声，雪融化滑动声，还有道路旁沟渠里的水流声。在望远镜里他看到远处白皑皑的雪地变成了一块一块。

第二天，他舅舅从帕罗萨来，说村子和考尔德尔苏之间山坡上的雪已经开始融化。他说他们都在村里寻找秃鹰，天气好转后，秃鹰肯定会飞上考尔德尔苏。他说，秃鹰一出现，村民们就会跟过去，米盖尔和他父亲还有邻居也应该这么做。他说，覆盖她遗体的冰雪就要融化了，他想赶在野猪、野狗和秃鹰之前找到她，但先来的会是秃鹰。他们要找的就是秃鹰。

几天暖日之后，军路的大多数路段已通路。米盖尔的内心在交战，一会儿天一黑就无比渴望她回到身边，无论以何种面目，一会儿又明白她离开他们的日子即将结束，她快要从雪地里露出来了。他想着她的脸，希望还能再看一次，仿佛她正在睡觉或者坐在厨房窗边。他走路的时候，觉得自己是多么想再见见她的笑容。

如今他能一连走上几小时而不被冰雪阻拦，他明白过了圣马格达莱娜就没休息的地方了，于是走累了就逼着自己继续往前走。每当他长途跋涉，就发现想象力特别活跃，各种景象、场景层出不穷，好像空气本身是毒药，载着轻柔的幻想，却有千真万确的感觉。有时候，在这令人不安的魔力之下，他享受着此身非己有，自己不是米盖尔的时光，他是另一个人，她则向他走来，正恍惚地寻思着她沉睡的这段时间里发生了什么。她立刻认出了他，大喊一声，但并没有将他当做正在寻找她的儿子，而是当做她的父亲，而自己还是个小女孩。她的父亲来寻找她了，她朝他跑去，想被举起来，他吻了她，把她抱起，抱起这个失踪了的女孩。她戴着小小的手套，所以手还暖和，她绿色的旧大衣有毛领，她戴着雪帽，只有脸冻着了，两眼冻得水汪汪的。她想笑一下，但牙齿冻得咯咯响。

他会把她带到帕罗萨的老家，带去搜索人群的聚会上庆祝她被找到，带去等待她的哥哥那里，带去温暖的炉火边和舒适的旧床。他又想起了马诺鲁也在那里，穿着围裙，正在做热饮，脸色苍白，神情紧张。但这个场景失败了，马诺鲁并不属于这一场景。

融雪开始后一周，快到中午时，第一批秃鹰出现在冷冷的蓝天中。米盖尔正在路上，它们黑色的身影盘旋在帕罗萨和军路之间的一块地上，那正是他和父亲，以及其他人以为母亲会在的地方。他用望远镜密切关注它们，心想自己是不是要回村子去找到父亲，然后坐车再来，他知道父亲就在村子附近，但他还是相信父亲或村里其他人会觉察到这群猎食鸟，立刻出发。他相信舅舅也会看到它们。他相信舅舅的断言，爱她的人是会最先找到她的。

他向前走，不时驻足用望远镜观察它们。两只鸟高高盘旋在天空，一动不动。他不确定秃鹰是怎么捕食的，但觉得它们俯冲下来之前，至少会纠集到两只以上。他不知道一旦它们发现死亡的猎物，会需要多久来集结。他希望能再拖一拖，因为他不想独自一人去把它们赶开，不知道如果来得更多，他是否打得过它们。

他很快注意到考尔德尔苏上空也有一只秃鹰在盘旋，知道几英里之内的人都能看到它。碧空万里无云，没有其他动静，也没有其他鸟。一只秃鹰下降时，米盖尔加快了脚步，心想是否应该从树上砍根树枝下来赶跑它们。他估摸着舅舅爬到那个秃鹰聚集的山坡至少需要一小时，父亲如果开车来，能更快些。他如今害怕起来，怕会独自面对那个场景。这些残忍、沉默、饥饿的生物，在高空中冷酷无情，一定不会怕他的。它们会做任何大自然教会的事，不管米盖尔反应如何。他不会是它们的对手，能做的只是飞快地朝它们盘旋的地方而去。即使只在它们降落处当个旁观者，也强过现在就转身，把她留给它们的利喙和下巴，让她毫无保护和援助。

又有两只秃鹰划过明亮的天空。他站着用望远镜确定它们的方位，注意到它们的大小和难看的颜色以及形体。现在共有五只了，他不知道在它们黑暗的体系中，这作为取食的仪式来说是否已经足够，它们何时会扑下来。

他想，也许它们降落并不掐分算秒，懒洋洋的，没那么精准。这些年，他看过它们聚成一群，但从未见过它们猎食，它们从不接近村子，对健壮的羊群也没有兴趣。他希望自己对它们的了解更多，知道该怎么把它们吓退，知道它们干活需要多久。

父亲的车朝他开来，这时有两只秃鹰已落地，另有五六只降低了高度在空中盘旋。父亲忧愤交集，神情决然，约瑟·伯纳特坐在前排乘客席，马诺鲁坐后排。他略停了一下让米盖尔上车。米盖尔一上去，就看到伯纳特腿上横了两支步枪。父亲飞快而坚决地朝那群秃鹰冲过去。

他知道眼珠子的事。它们会把眼珠子先啄出来，他觉得它们已经这么做了，可能最强壮的或行动最快的那只，赢得了这一特权。把一个人的眼珠子啄出来花不了多少时间。不会流血，他觉得她的血都已经冻结了或流干了。他也觉得它们会先啄她身体上柔软的部位，把头和四肢留到最后。吉普车猛地停下，他竭力忍住不哭，他们跳下车，尽快跑下山坡。

下面一段距离处有一块平坦的空地，那群秃鹰就聚在那里。米盖尔没法相信母亲的生命就结束在那儿，他觉得她不会倒在如此开阔的一块地上，再说通往帕罗萨的路也不在一旁。他把望远镜交给父亲，伯纳特也望了望，然后他又拿回来仔细地观看这个场景。秃鹰还没完全围住猎物，它们个头很大，扑扇着翅膀，面目狰狞，像瞎子一样互相搏击。然后它们盯住一个目标开始啄食，互相把对方挤开。

父亲和伯纳特慢慢接近，马诺鲁和米盖尔待在一起，米盖尔被望远镜放大的景象惊呆了。秃鹰在一堆内脏上大快朵颐，一块块地撕开，贪婪地吃得津津有味，吃完了再冲上去啄取。他盯着其中一只，只见它用力放下一只爪子，平衡自身，更得力地用嘴从她身上撕更多的肉。他扔下望远镜，大喊着朝父亲和伯纳特跑去，马诺鲁跟在他后边。

他们靠近，秃鹰开始散开，不停地扑扇翅膀，在身后留下一股子味道。这是股酸败可怕的气味，他想，但不是腐肉的气味，而是活物的恶臭。这种讨厌的味道是秃鹰自己的，他想它们刺鼻的恶臭是因为吃腐肉和死物的缘故。

米盖尔看到它们围着的东西，差点笑了起来。他已经做好准备，会看到母亲犹如一头年老被遗弃的动物一样，内脏被拉出来，也准备好尽力去保护她，但他发现这群秃鹰远道而来不是找到了他母亲，而是在啄一只大狗，像是只猎犬，已被吃得只剩骨头了。他朝后退去，心想它们肯定是饿了一个冬天了。

一只秃鹰悍然朝他们飞来，米盖尔看到父亲举起枪，近距离开火，打中那只鸟，是翅膀最厚实、力气最大的那只。它被子弹的力道打得翻滚落下，其他的秃鹰飞上了天，或是拍打着难看的翅膀，愤怒地后退。

那只受伤的秃鹰几乎是仰面朝天躺下，开始嘶叫，挣扎着想站起来，但又倒了下去。突然它抬起粗野而不屈的头，还很有活力，目光愤恨尖锐，鼻孔和恶狠狠的喙仿佛在吞吐怒火。秃鹰看到他们,它阴狠的仇恨、狂野的目光、极大的惊惶让米盖尔呆住了,仿佛它只针对他,仿佛他隐秘的灵魂一直等待着这样的认可。垂死秃鹰的伤与痛非人类所及,它痛苦地嘶鸣。米盖尔不知自己为何慢慢靠近它,但他很快发现马诺鲁从后面抱住自己,阻止他向前,而父亲再次举起了枪。米盖尔朝后靠在马诺鲁身上,吸取他的温暖,寻找坚实的安慰,这时第二声枪声响起。马诺鲁紧紧抱着他,以免他再朝垂死的鸟和骨骸走去,那具骨头已经被撕得七零八碎,一无用处了。

译后记

托宾擅长描写亲情。早在《母与子》之前的长篇小说《黑水灯塔船》《灿烂石楠花》以及之后的《布鲁克林》，都透视出托宾在亲情描写方面的特色，两代乃至三代之间的复杂感情，在细节著称的叙事中举重若轻。

《母与子》也是以亲情为主题的作品，可能因为短篇的缘故，相比之下更为紧凑，更加有趣些。这批小故事以爱尔兰和西班牙为背景，里面有形形色色的母亲与儿子。《借口》中的儿子是一个盗画贼，母亲则是个酗酒者，她到处唠叨的习惯无意中把儿子出卖。在这篇中母子关系是最为疏离的，儿子似乎并不关心母亲，只是给钱赡养，直接描写母子关系的是一段互相指责不满的对白，但就在这段对话之后，儿子的心理产生微妙变化，他决意洗手不干，一把火烧掉了价值连城的伦勃朗油画。《一首歌》中的母亲是一个从小抛弃儿子的歌星，儿子长大后业余爱好演奏，一次酒吧聚会巧遇前来献歌的母亲，自始至终故事没有告诉我们母亲是否认出了儿子，只是儿子一路的忐忑和矛盾心情。《布鲁克林》的读者会对《关键所在》的女主角感到亲切，因为她就是《布鲁克林》中艾丽丝的密友南希，故事讲述了南希家道中落后为了给儿女创造良好的生活教育环境而奋斗，岂料儿子自有人生理想，并不明白她的心意。《著名的蓝雨衣》中的母亲也曾是一位歌手，儿子发现母亲年轻时的唱片，如获至宝地拿去刻录成 CD，不料却勾起母亲的忧喜交集的回忆。《家中的神父》中的儿子是神父，年轻时的不堪往事被人追究闹上法庭，亲友担心母亲承受不了而迟迟不敢告知，母亲的反应却出人意料。《旅途》近乎一段白描，母亲开长途车接罹患抑郁症的儿子出院，途中因景生情，回忆浮现。《三个朋友》是托宾笔下难得的结尾较为温馨的故事，儿子的母亲过世后，他的同性恋朋友带他去海边跳舞。《暑期工作》是隔代情的故事，外婆对外孙从小关怀备至，长大后的外孙却对这份情感保持着距离。

《长冬》是本书的压卷之作，中篇小说的篇幅。西班牙村庄中的一家人，母亲因为酗酒遭到父亲冷遇，离家出走，失踪在暴风雪中。儿子、父亲和邻居多次寻找无果。父亲找来一个少年帮忙料理家务，最终小说结束在又一次的寻人中。《长冬》是本书中我最喜欢的一篇。在篇幅与结构之间达到了很好的平衡，充分展示托宾对微妙的人物心理的把握。托宾没有取巧的情节，故事四平八稳，哪怕是数千字的小短篇，也不会在结尾处斗转乾坤，给人惊喜。托宾的写作是一种"内向型"的写作，要求读者全心的阅读和敏感丰富的感受力，相对而言，这样的读者，读这样的作品，所得也会更多。《长冬》同样平铺直叙，但是交织了两条情感暗线，一条是母亲失踪后，儿子对母亲的回忆，一条是父亲、儿子与亲戚邻里以及新来的少年，互相之间关系发生变化，旧的关系渐渐瓦解，新的关系正在形成，其中暗藏的情绪，隐在洗练的字里行间，令小说质感沉厚，如长河冰封，冰层下暗流涌动。

托宾的书翻译到这一部，我对他的文风已有深切的认同，仍然不时被他纤细的触感所震动，在《长冬》的寻人中有一段，村里人去打猎的地方，可能正是男主角的母亲出事的地方，猎人们打到了一车的野猪："拖车上，四头野猪紧挨着躺在一起，淌着血，死沉了，被扔在那里，这些肥壮结实的穴居动物不久前还是这个冰冷黑暗世界里最强的动物，但现在完全不行了，软骨、肉、骨头、瞪着的死眼，拖车载着它们，雪地上留下一路血点子，偶尔拖车往一侧倾斜，淌下的血让血点变成厚厚的红色小坑。米盖尔边走边哭起来，马诺鲁扶着他，安慰他。这会儿，他第一次有种尖锐的确定感，母亲消失了，等到她被找到，她一定是死了，这个念头如今对他来说是残酷的事实。她不会回到他们身边了。他觉得找到她已经没有意义，寻找她也没有意义。过了一会儿，他停止哭泣，仍然挨近马诺鲁，他俩在泥泞中跋涉回去，马诺鲁不时地擦碰着米盖尔。"

已是小说行将结束的部分，男主角，即米盖尔，第一次意识到母亲不在了的事实，而这样一种尖锐的触感，是由一幅屠戮野猪的画面所引起,尽管作者并没有明确交待这两者之间的关系。然而事实之间的关联正在于此。似乎并没有逻辑,但是正暗合了人生情感和微妙思绪的变迁。

翻译中比较有趣的一个意外收获,是在翻译《著名的蓝雨衣》时,找到了那首爵士歌,珍尼弗·沃恩斯演唱的版本。这一首开头一段慵懒的萨克斯,伴随着"此刻是凌晨四点……"的女声幽幽响起,周围顿时沉静下来,唱词与钢琴在抛掷间躲闪。有很长一段时间,我翻译时便把它当成背景音乐。歌词唱的是男女之间纠缠的感情,与小说情节有些类似,又不很像,但它多么像托宾笔下一个个的小镇,那里有属于它们各自的节奏,阡陌交通的道路、农场、房舍和脉脉的人情。

翻译中,得到译界前辈的校点,在此诚挚感谢。

Colm Tóibin
Mothers and Sons
Copyright © 2006, Colm Tóibin
Simplified Chinese Edition Copyright © 2024, Archipel Press
All Rights Reserved.

图字:09-2023-0673号

图书在版编目(CIP)数据

母与子/(爱尔兰)科尔姆·托宾(Colm Toibin)著;柏栎译.—上海:上海译文出版社,2024.3
书名原文:Mothers and Sons
ISBN 978-7-5327-9471-3

Ⅰ.①母… Ⅱ.①科… ②柏… Ⅲ.①短篇小说-小说集-爱尔兰-现代 Ⅳ.①I562.45

中国国家版本馆CIP数据核字(2024)第041287号

母与子
[爱尔兰]科尔姆·托宾 著 柏栎 译
特约策划/彭伦 责任编辑/王嘉琳 封面设计/一亩幻想

上海译文出版社有限公司出版、发行
网址:www.yiwen.com.cn
200001 上海市闵行区号景路159弄B座
常熟市文化印刷有限公司印刷

开本850×1168 1/32 印张8.5 插页2 字数125,000
2024年3月第1版 2024年3月第1次印刷
印数:0,001—6,000册

ISBN 978-7-5327-9471-3/I·5926
定价:69.00元

本书中文简体字专有出版权归本社独家所有,非经本社同意不得转载、摘编或复制
如有质量问题,请与承印厂质量科联系。T:0512-52219025